다리(leg) 잃은 내가
희망의 다리(bridge)가 되려는 이유

다리^{leg} 잃은 내가 희망의 다리^{bridge}가 되려는 이유

한민수 지음

두드림미디어

추천의 말

HJ FILM이 다큐멘터리 〈우리는 썰매를 탄다(2018)〉의 마케팅을 맡게 되면서, 저는 한민수 선수를 처음 알게 되었습니다.

얼음판 위, 자신의 몸보다 더 무거운 의지로 세상을 향해 질주하던 그의 모습은 단순한 '경기'가 아니라 '인간의 가능성'을 보여주는 장면이었습니다. 그리고 선수들의 곁에는 늘 한 사람, 선수들의 스승이자 동반자인 한민수 캡틴이 있었습니다. '믿음'으로 한 사람의 인생을 빚어내는 진정한 캡틴이었습니다.

그의 저서에는 수많은 훈련의 기록보다 더 깊은 삶을 향한 철학과 인간에 대한 신뢰가 고스란히 담겨 있습니다. 그의 문장 속에는 땀과 눈물, 그리고 그 뒤편의 따뜻한 미소가 있습니다. 읽는 내내 우리는 '스포츠'라는 단어를 넘어 '인간'이라는 존재가 가진 아름다운 가능성을 마주하게 됩니다.

저는 이 책을 통해 깨달았습니다. 진정한 선수는 기록을 만드는 사람이 아니라, 한 사람의 마음에 불씨를 지피는 사람이라는 것을.

캡틴 한민수의 저서는 세상의 모든 도전자들에게 전하는 한 편의 응원가이자, 우리가 잊고 있던 '용기'의 정의를 다시 써내려간 이야기입니다.

 그의 진심이 더 많은 사람들의 마음에 닿아, 삶의 어느 길목에서도 꺼지지 않는 희망의 등불이 되길 바랍니다.

- 배우 신현준

 패션은 단순히 옷의 언어가 아니라, 인간의 내면과 이야기를 담는 예술입니다. 2019FW 서울패션위크 무대에서 한민수 모델과 함께할 수 있었던 순간은 그 어떤 패션보다도 아름답고 숭고한 순간이었습니다.

그는 몸의 한계를 넘어, 인간의 가능성을 입고 무대 위를 걸었습니다. 그의 한 걸음, 한 시선은 '장애는 결핍이 아니라 또 다른 표현의 형태'임을 우리 모두에게 증명했습니다.

디자이너로서 저는 그가 보여준 용기와 존재감 속에서 진정한 '아름다움'의 의미를 다시 배웠습니다. 그의 발자국은 단지 런웨이 위의 걸음이 아니라, 세상과 마음을 잇는 희망의 다리(bridge)였습니다.

그리디어스는 언제나 인간의 내면과 다양성을 존중하는 브랜드로서, 한민수 모델처럼 자신만의 이야기를 세상에 전하는 모든 이들을 응원합니다. 그의 빛이 앞으로도 많은 사람들의 길을 비추길 진심으로 바랍니다.

패션디자이너 **박윤희**

2018년 평창동계패럴림픽 개막식, 성화를 등에 메고 로프 하나에 의지해 가파른 슬로프를 뚜벅뚜벅 올라간 그가 두 팔을 번쩍 치켜들며 긴 숨을 내쉬던 승리의 순간을 지금도 또렷이 기억합니다. 마치 시시포스(Sisyphus)가 바위산을 오르듯 떨어져도 또 오르고 또다시 오르는 투혼과 열정, 불굴의 의지…. 패럴림픽의 의미, 인생의 의미를 온몸으로 보여주는 장면이었습니다. 대한민국 파라 아이스하키 최초의 패럴림픽 동메달 현장에서 낮은 썰매를 탄 채 스틱을 두드리며 무반주 애국가를 목놓아 부르던 그날은 단언컨대 스포츠 기자 최고의 날이었습니다. 그날, 평창의 모든 이들이 세상을 하나 되게 하는 스포츠의 위대함을 보았습니다. 그리고 그 중심에는 언제나 '무적 캡틴' 한민수가 있었습니다. 그는 웃으며 말합니다. "제가 한번 해볼까요?", "그까짓 거, 하면 되죠!" 파라 아이스하키 꿈나무를 찾아 전국을 누비고, 로봇 다리를 당당히 드러낸 채 런웨이를 활보하는 '캡틴'의 도전과 열정은 오늘도 힘든 세상을 버텨내는 우리 모두를 향한 위로이자, 응원입니다. 영원한 '캡틴'의 위대한 여정을 독자 여러분과 함께하고 싶습니다.

– 〈스포츠조선〉 기자 **전영지**

나의 이야기가 누군가에게
희망이 되기를

갑작스러운 사고, 재해, 질병으로 인해 중도 장애를 갖게 되는 이들이 많습니다. 팔이든 다리든, 어느 날 단 한순간의 사고로 삶이 바뀌고, 그 순간부터 '장애인'이라는 삶을 받아들여야 합니다. 장애에는 나이도, 순서도 없습니다.

하지만 세상은 종종 말합니다.
"몸도 다쳤는데 뭘 하려고 그래. 내가 도와줄게."
"힘들면 쉬어야지. 괜히 무리하지 마."

보호라는 이름으로 장애인을 작은 울타리 안에 가두려는 태도는, 결국 그들을 사회로부터 고립시키고 스스로 성장할 기회마저 빼앗습니다.

몸은 불편할 수 있습니다. 그러나 생각하고, 배우고, 느끼고, 소통하며 살아간다는 점에서 장애인과 비장애인은 다르지 않습니다. 장애를 이유로 숨어 살아야 할 이유도, 위축되어야 할 이유도 없습니다.

저는 누군가가 제 모습을 보고 이렇게 말해주길 바랍니다. "어? 나보다 더 불편한 사람도 저렇게 멋지게 살아가네. 나도 용기 내서 세상으로 나가야겠다."

그 한마디가 또 한 사람의 삶을 일으켜 세울 수 있습니다.

우리나라에 등록된 장애인은 260만 명, 전체 인구의 약 5%입니다. 비등록 장애인까지 포함하면 그 수는 훨씬 더 많을 것입니다. 즉, 국민 20명 중 1명은 장애인입니다. 그런데 우리가 길을 걸으며 20명 중 1명꼴로 장애인을 마주할 수 있을까요? 거의 없습니다.

그들은 지금, 어딘가에 숨어 있기 때문입니다.

저와 함께 운동하는 한 선수는 장애를 입고 10년 만에 처음으로 세상 밖으로 나왔다고 합니다. 한순간의 사고로 마음의 문을 닫고, 스스로를 세상에서 지운 채 살아온 시간이었습니다. 하지만 늦게라도 세상에 나올 수 있었다면, 그것은 분명

다리(leg) 잃은 내가
희망의 다리(bridge)가 되려는 이유

누군가로부터 희망이 전해졌기 때문일 것입니다.

저 한민수는 평창 패럴림픽 무대 위에서 다리 하나 없이
도 썰매를 타고, 세상 가장 높은 곳에서 국가대표로서 싸웠
습니다. 그 모습은 전 세계에 도전과 감동의 메시지가 되었
습니다.

부디, 저의 이야기가 아직 마음속에 두려움과 상처를 품
고 살아가는 누군가에게 새로운 용기와 희망의 불씨가 되기
를 바랍니다.

다리 하나가 없어도, 밧줄 하나에 의지해 정상을 밟을 수
있다는 것. 장애가 끝이 아니라 또 다른 시작이 될 수 있다는
것. 저는 제 삶으로 그것을 보여드리고 싶습니다.

이 이야기를 통해 누군가가 다시 세상을 향해 첫발을 내디
딜 수 있다면, 그것으로 저는 충분히 행복합니다.

한민수

차례

1장 장애는 나의 운명

2장 장애는 극복하는 것이 아니라 받아들이는 것

5장 **도전은 끝나지 않았다**

1장

장애는
나의 운명

1

첫돌에 얻은
류머티즘 관절염

나는 1970년 6월 3일, 경기도 구리읍 토평리의 작은 시골 마을에서 태어났다. 손가락 10개, 발가락 10개를 가진 평범한 아이였고, 부모님의 기쁨이자 마을의 축복이었다. 하지만 세상에 나온 그 순간, 나는 울지 않았다.

"아기가 왜 안 울지?"

산모의 방에 함께 있던 옆집 할머니가 이상하다며 다가왔다. 그분은 내 코에 입을 대고 숨을 불어 넣었다. 그리고 그제야, 나는 마침내 세상을 울음으로 깨웠다.

처음이자 마지막일 수도 있었던 숨, 누군가의 숨결이 나를 살려낸 순간이었다. 하지만 그때부터 내 인생은 '다름'이라는 단어와 함께 시작되었다.

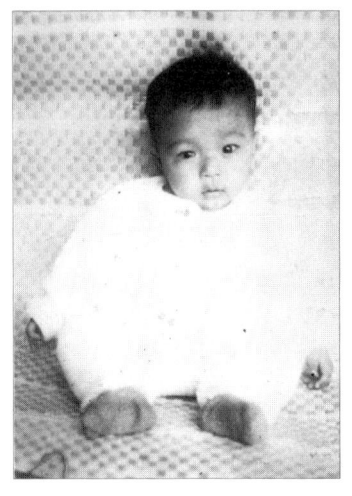

돌이 지나도 나는 걷지 못했다. 부모님은 "좀 늦나 보다" 하며 기다려보셨지만, 어느 날 내 무릎에서 열이 나는 것을 발견하고는 어머니는 깜짝 놀라 나를 업고 병원으로 달려가셨다.

"선생님, 우리 애가 왜 이래요?"

눈물로 떨리는 어머니의 질문에, 의사는 냉정하게 진단했다.
"류머티즘 관절염입니다."
"첫돌 지난 아기가 관절염이라고요? 그건 나이 들어 생기는 병 아닌가요?"

부모님에게는 청천벽력 같은 말이었다. 의사는 곧장 수술이 필요하다고 했지만, 가난한 살림에 500만 원이라는 수술비는 너무나 큰 벽이었다. 부모님은 돈을 마련하기 위해 백방으로 뛰어다니셨다. 하지만 세상은 그리 쉽게 기회를 내주지 않았다.

그렇게 해가 바뀌고, 나는 네 살이 되었다.
수술은 하지 못했지만, 어머니는 포기하지 않으셨다. 한 줌의 희망이라도 붙잡고 싶어 무속인의 문을 두드렸다.

다리(leg) 잃은 내가
희망의 다리(bridge)가 되려는 이유

굿을 위해 땅을 팔았고, 무당은 이렇게 말했다.

"동쪽에 있는 침쟁이를 찾아가. 그 사람이 살려줄 거야."

어머니는 무당의 말 한마디에 온 마음을 걸고 그 침쟁이를 찾아갔다. 그리고 그 사람은 내 무릎에 침을 꽂았다. 나는 자지러지게 울었다. 신경을 건드린 것이었다. 그는 자격도 없는 돌팔이였다.

그날 이후, 내 오른발의 네 번째 발가락은 자라지 않았다. 그래도 부모님은 포기하지 않으셨다. 어디서 용하다는 말만 들리면 나를 업고 먼 길을 마다하지 않으셨고, 때로는 침쟁이가 집으로 와 불침을 놓기도 했다. 나는 침이 너무 무서워 도망 다니기 일쑤였다.

무릎 통증은 심해졌고, 나는 점점 걷기를 거부하게 되었다. 할아버지와 할머니는 막내 손주인 나를 애틋하게 여기셨다. 내가 걷지 않겠다고 하면, 이렇게 말씀하셨다.

"애가 걷고 싶을 때 걷게 둬라. 언젠간 걷게 될 게다."

그 말은 사랑이었다.

하지만 그 사랑은 나의 다리를 점점 굳게 만들었고, 결국 내 다리는 움직이지 않게 되었다. 아파도 걸어야 재활이 되건만, 아프니 걷지 않았고, 걷지 않으니 아픔은 굳은 채로 내 몸에 남았다.

그것이 내 유년 시절의 현실이었다. 아버지는 나를 고치지 못했다는 죄책감에 술을 드셨다. 한 번은 세발자전거를 타고 동네를 돌아다니다가, 어떤 어른에게 이런 말을 들었다. "네 아버지, 버스 종점에서 낮술 먹고 쓰러져 계시더라."

그날 집에는 아무도 없었다. 나는 목발을 짚고 손수레를 끌고 아버지를 데리러 갔다. 버스 종점에서 아버지를 싣고 다시 집으로 돌아오는 그 길. 나는 어릴 적부터 가족의 짐을 어깨에 얹고 있었다.

아버지는 이틀 걸러 술을 드셨고, 일주일에 서너 번은 어머니와 다투셨다. 폭력은 없었지만, 살림살이가 날아다니고 그릇이 깨지는 소리가 자주 들렸다.

다음 날이면 부서진 살림은 새것으로 바뀌었고, 저녁상에는 어김없이 선지해장국이 올랐다. 어머니는 싸우고 난 다음 날에도 아버지를 위해 해장국을 끓이셨다. 그 해장국은 내 어린 시절의 맛이었다. 나는 그 국을 좋아했다. 지금도 좋아한다. 내 아이들 역시 그 국을 좋아한다.

다리(leg) 잃은 내가
희망의 다리(bridge)가 되려는 이유

2

목발 짚은
골목대장

내가 처음 목발을 짚은 건 일곱 살 무렵이었다. 할아버지께서 직접 각목을 깎아 만들어주신 목발. 투박하고 거친 나뭇결이 손바닥을 아프게 했지만, 그 목발은 내게 '걷는 자유'를 처음 선물해준 존재였다.

처음 그 목발을 짚었을 때, 세상은 전보다 넓어 보였다. 어디든 갈 수 있을 것 같았고, 누구와도 어울릴 수 있을 것 같았다.

그 순간부터 내 유년 시절은 여느 아이들과 다르지 않았다.

아니, 오히려 더 유난스럽고, 더 뜨겁고, 더 찬란했다.

나는 목발을 짚고 친구들과 공을 찼고, 겨울이면 손등이 트도록 구슬치기를 했다. 달력 종이로 딱지를 접고, '무궁화꽃이 피었습니다'를 하거나 그룹 숨바꼭질 놀이인 '오징어 게임'을 했다.

눈이 오면 눈덩이를 뭉쳐 톱으로 잘라 이글루를 만들었고, 철사로 만든 얼음 썰매를 타고 개울 위를 누볐다. 스틱은 대못 머리를 잘라서 달궈 나무에 박아 만들었다.

가을이면 과수원 철조망을 넘어 사과, 배, 땅콩, 당근을 서리하며 친구들과 웃음꽃을 피웠다. 한 번은 논두렁에 목발을 두고 썰매를 타는 데 정신이 팔려서 해가 질 때까지 놀다가 목발을 잃어버렸다. 하는 수 없이 한쪽 다리로 깡충깡충 뛰

다리(leg) 잃은 내가
희망의 다리(bridge)가 되려는 이유

어서 무려 3km를 집까지 뛰어온 적도 있었다.

불장난도 했다. 쥐불놀이하다가 겨울철 소 사료로 쌓아둔 지푸라기 더미에 불이 옮겨붙어 마을 사람들이 양동이 들고 몰려와 불을 껐다. 그것도 두 번이나. 그런 날이면 어머니는 내 등을 세게 때리셨다.

위험천만한 일도 많았다. 집 앞 40년 된 은행나무에 올라가 까치집을 들여다보다 떨어진 적도 있고, TV에서 〈톰 소여의 모험〉이 인기일 때는 합판으로 나무 위에 오두막을 짓겠다며 못질하다가 아버지께 들켜 혼난 적도 있었다.

"네 몸에다 못질하면 좋겠냐!"
그때는 왜 그렇게 야단을 치셨는지 몰랐지만, 지금은 안다. 아버지의 꾸지람 속에는 걱정과 미안함이 뒤섞여 있었다는 것을.

당시 나는 목발 짚은 골목대장이었다. 나를 모르는 동네 어르신이 없었다. 나는 인사성이 밝았다. 누가 인사를 받아주지 않으면, 뒤따라가서라도 인사를 끝까지 받아내곤 했다.

초등학교 6학년 무렵, 내 별명은 《보물섬》의 '실버 선장'

이었다. 목발을 짚고 다녀서 친구들이 붙여준 별명이었다. 어떤 친구가 "실버!" 하고 놀리며 도망가면, 나는 그 녀석의 등짝에 목발을 던졌다. 심지어 몸싸움도 했다. 나를 괴롭히는 아이들과 엎치락뒤치락 뒹굴며 싸우기도 했다.

그 싸움은 다리를 지닌 이들과의 싸움이 아니라, 존엄을 지키기 위한 싸움이었다. 내가 장애인이라고 느끼지 않으려 안간힘을 쓰던 싸움이었다. 나는 목발을 내 몸의 일부라 생각했다. 그것은 단순한 도구가 아니라, 나의 다리였고, 나의 날개였다. 은행나무에 오를 때도, 친구들과 육교를 오를 때도, 목표물을 향해 날아가는 펀치를 날릴 때도, 내 곁에는 언제나 그 '나무다리'가 함께였다.

나는 내가 장애인이라고 생각하지 않았다. 그러나 아무도 없는 밤이면, 나는 두 손을 모아 하나님께 간절히 빌었다.

"두 발로, 제대로 걸을 수 있게 해주세요."

그 기도는 내 유년의 진심이었다.

24　다리(leg) 잃은 내가
희망의 다리(bridge)가 되려는 이유

3

자리를 양보받기 싫었던
사춘기 중학생

초등학교를 졸업하고, 나는 중학생이 되었다. 학교는 집에서 매일 버스를 타고 시내를 지나야 했다. 그러던 어느 날, 대형 유리창에 비친 내 모습을 처음으로 제대로 마주하게 되었다.

'내가 저렇게 걷고 있었구나….'

순간 숨이 막혔다. 한쪽 무릎이 '기역' 자로 꺾인 채 목발을 짚고 걷는 나. 창피하고 부끄럽고, 차라리 눈을 감고 싶었다.
집에 돌아와 장롱 거울에 비친 내 모습에 자명종 시계를 집어 던졌다. 거울은 산산이 부서졌고, 내 마음도 함께 부서졌다.

내가 이렇게 태어난 것이 부모님 탓인 것만 같았다. 부모님을 원망했고, 나 자신이 싫어졌다. 죽고 싶다는 생각마저 들었다. 울었다. 소리 내어 오래 울었다. 그렇게, 내 사춘기는 '장애'라는 이름의 현실을 정면으로 마주하며 시작되었다.

중학교 2학년, 초등학교 이후 처음으로 친구와 싸우게 되었다. 중간고사가 끝난 어느 날, 선생님은 문제풀이를 해주셨고, 우리는 틀린 문제당 한 대씩 회초리를 맞았다. 시험지를 안 가져오면 그날은 '제삿날'이었다.

쉬는 시간, 나는 앞자리 친구와 정답을 맞혀보고 잠깐 화장실에 다녀왔다. 그런데 돌아와 보니 내 시험지가 사라져 있었다. 알고 보니 내 짝꿍이 그것을 가져갔다. 게다가 뻔뻔하게 "이건 내 거야"라며 우기기까지 했다.

내가 이름을 써놓지 않았던 게 화근이었다. 나는 분명히 내 시험지라고 주장했지만, 그 친구는 끝까지 인정하지 않았다. 게다가 좀 '노는' 친구였다. 성질내기도 조심스러웠다.

하지만 나는 더는 참을 수 없었다. 분노가 머리끝까지 차올랐다. 시험지를 내놓으라고 소리쳤고, 그 순간 그 친구가 내 얼굴을 주먹으로 쳤다.

별이 번쩍했다. 순간 반사적으로 자리에서 벌떡 일어나, 왼쪽 다친 다리를 책상에 걸친 채 소리를 지르며 레프트, 라이트 펀치를 정신없이 날렸다. 수십 대는 날렸던 것 같다. 마침 수업 시작종이 울리며 선생님이 들어오셨고, 싸움은 내 일방적인 펀치로 끝이 났다.

그 친구는 화가 났던지, 조용히 내게 말했다.
"수업 끝나고 뒤로 나와."
나도 눈을 부라리며 대답했다.
"그래, 그러자."

하지만 수업이 끝난 뒤, 그 친구는 홀연히 사라졌다. 왜 그랬는지는 지금도 모른다. 우리는 그 일에 대해 단 한 마디도 다시 이야기하지 않았다. 그 일 이후, 내 중학교 생활은 조금 달라졌다. 누구도 나를 함부로 대하지 않았다.

그때 알게 되었다. 장애가 있다고 해서 억울한 일을 당하고도 참고만 있으면, 오히려 사람들에게 무시당할 수도 있다는 것을. '장애는 단지 몸이 불편할 뿐'이지, 내 인격까지 작아져야 할 이유는 없다는 것을.

그날도 수업을 마치고 버스를 탔다. 어느 아주머니가 자리를 양보하며 다정하게 말씀하셨다.

"학생, 몸도 불편한데 여기 앉아."

"싫어요."

나는 단호히 거절했다.

"그러지 말고, 여기 앉아."

아주머니는 한 번 더 권하셨다.

"됐다고요!"

나는 차가운 목소리로 툭 뱉고는, 버스 맨 뒷자리로 가서 섰다.

아주머니 눈에는 오른쪽 어깨에 책가방을 메고, 왼손에는 목발을 짚고, 오른손으로 손잡이를 잡은 내가 안쓰러워 보였을 것이다. 하지만 나는 그 배려가 동정처럼 느껴져 너무 싫었다.

'나도 서 있을 수 있는데 왜 자리를 양보하지? 나는 누군가의 도움이 필요한 약자가 아닌데….'

주변 친구들의 시선도 의식되었다. 그날 이후 나는 빈 버스만 타기 시작했다. 2시간씩 기다려서라도, 자리를 양보받고 싶지 않았기 때문이다. 비가 와도, 눈이 와도 마찬가지였다.

다리(leg) 잃은 내가
희망의 다리(bridge)가 되려는 이유

지금 생각하면 참 어리석고 고집스러운 행동이었다. 하지만 그 시절, 내 마음은 그렇게 복잡하고 예민했다. '나는 나대로 살아갈 수 있다'는 것을 스스로에게 증명하고 싶었던 사춘기였다.

이제는 안다. 비장애인들이 장애인을 도울 때 어디까지 도와야 할지 몰라 어색해하는 경우가 많다는 것을. 그것은 결코 나쁜 마음에서 비롯된 것이 아니다.

장애란 결국 '불편함'이다. 장애의 유형에 따라 필요한 도움도, 불편의 정도도 다르다. 그 불편한 만큼만 도와주면 된다. 스스로 할 수 있는 일까지 도와주려 하면, 오히려 자존심이 상하거나 마음이 다칠 수도 있다.

도움을 주고 싶다면 꼭 이렇게 물어봐주면 좋겠다.
"도와드려도 될까요?"

그 말 한마디면, 마음의 벽도 함께 무너진다.

4

방황했지만 운동과 음악에 전념했던 고교 시절

고등학교에 들어간 나는 여전히 운동을 좋아했다. 목발을 짚고 친구들과 함께 공을 차며 뛰어다녔다. 프로 축구 선수 출신인 박남열과 최문식이 내 또래다. 아주 친한 사이는 아니었지만, 내 친구들과 중·고등학교 시절 선수 생활을 함께 했다. 그 시절, 동대부고 주장으로 대통령배에서 우승했던 최문식 선수의 모습이 아직도 기억난다.

나는 목발을 짚고도 친구들과 똑같이 축구를 했다. 내 친구들은 늘 나를 편견 없이 받아주었다. 덕분에 나는 장애를 크게 의식하지 않고 학창 시절을 보낼 수 있었다.

고등학교는 부모님의 권유로 공업고등학교에 진학했다. "기

술을 배워야 굶어 죽지 않는다"라는 부모님의 말씀이 늘 귓가에 맴돌았다. 형편이 넉넉하지 않았기에 대학은 형에게 양보하고, 나는 기술을 익혀 일찍 돈을 벌어야 했다. 사실 그 시절에는 공부보다 운동이, 운동보다 친구들과 노는 것이 더 좋았다.

공고는 인문계보다 분위기가 거칠었다. 불량서클도 많았다. 하지만 그런 친구들도 나를 함부로 대하진 않았다.

고등학교 시절, 나는 또 다른 열정을 발견했다. 바로 음악이었다. 친구들과 함께 그룹사운드를 만들고 싶어 악기를 배우기 시작했다. 선배들의 그룹 활동을 보며 하나씩 배워갔다. 하지만 음악을 배우는 과정은 순탄하지 않았다. 선배들은 단순한 음악 선생이 아니라, 지역에서 이름난 '무서운 선배'들이기도 했다.

어느 날, 연습 날짜에 맞춰 연습실로 갔지만, 친구들은 아무런 말 없이 오지 않았다. 연습실에는 나와 A 선배 둘뿐이었다. 그는 화가 머리끝까지 난 상태였다. 결국 그 분노는 나에게 향했다.

그는 나를 모래사장으로 끌고 가더니 "투터치로 스무 대 맞아라"라고 했다. 친구들 대신 벌을 받는 상황이었다. 그리고 맞을 때마다 친구들 이름을 말하라고 했다.

투터치는 선배가 달려오면서 왼손으로 가슴을, 이어서 오른손으로 또 가슴을 치는 방식이었다. 맞을 때마다 뒤로 나자빠졌고, 일어나면서 친구들 이름을 한 명씩 불렀다. 그렇게 스무 번, 양손으로 총 마흔 대를 맞았다. 다 맞고 나서는 짬뽕 그릇에 가득 부은 소주를 원샷하라고 했다.

"내가 너 미워서 때린 거 아니다."
그 말이 지금도 잊히지 않는다. 그 모든 상황이 이해되지 않았다. 장애가 있는 나에게 왜 이런 일이 일어나는지, 어떻게 이런 것이 동네 선후배 사이에서 내려오는 '동네 전통'이라 불릴 수 있는지 분노가 치밀었다.

그 이후에도 나와 친구들은 그 전통이라는 이름 아래 폭력과 괴롭힘을 당했다. 결국 고등학교 3학년이 되어 참다못한 친구들이 그 '전통'을 깨기로 했다.

다리(leg) 잃은 내가
희망의 다리(bridge)가 되려는 이유

친구들은 A 선배와 한 명씩 일대일로 싸웠고, 마침내 그도 우리 곁을 떠났다. 그가 사라지고 나서야 우리는 비로소 자유로워졌다. 지금도 A 선배는 생각조차 하기 싫은 사람이다.

하지만 그 시절이 전부 어두웠던 것은 아니다. 경찰서를 드나든 기억도 있지만, 대부분은 누군가를 돕기 위해서였다. 머리가 깨져 피를 흘리던 취객을 병원에 데려다주기도 했고, 길에서 칼에 찔려 "살려달라"고 소리치던 60대 남성을 응급실까지 부축하기도 했다.

방황도 많았지만, 고등학교 3학년이 되자 진지한 고민이 시작되었다.
'졸업하고 나는 뭘 하며 먹고살까?'

어머니의 말씀이 떠올랐다.
"굶어 죽지 않으려면 기술을 배워라. 공부에는 소질이 없는 것 같다."

그때부터 마음을 독하게 먹었다. 남은 한 학기 동안 학원에 다니며 자격증 준비에 매달렸다. 공부는 늦었지만, 시험 때마다 벼락치기로 내신 1등급을 받았고, 학원에 다니며 자격증도 4개나 땄다. 담임선생님은 대학 진학을 추천했지만, 스스로 공부한 시간이 짧았기에 어려울 것이라 생각했다.

인덕 공업전문대에 원서를 냈지만 불합격했고, 미련 없이 진학을 포기했다. 대신 자격증을 들고 이력서를 여기저기 넣기 시작했다. 그렇게 고등학교를 졸업했다.

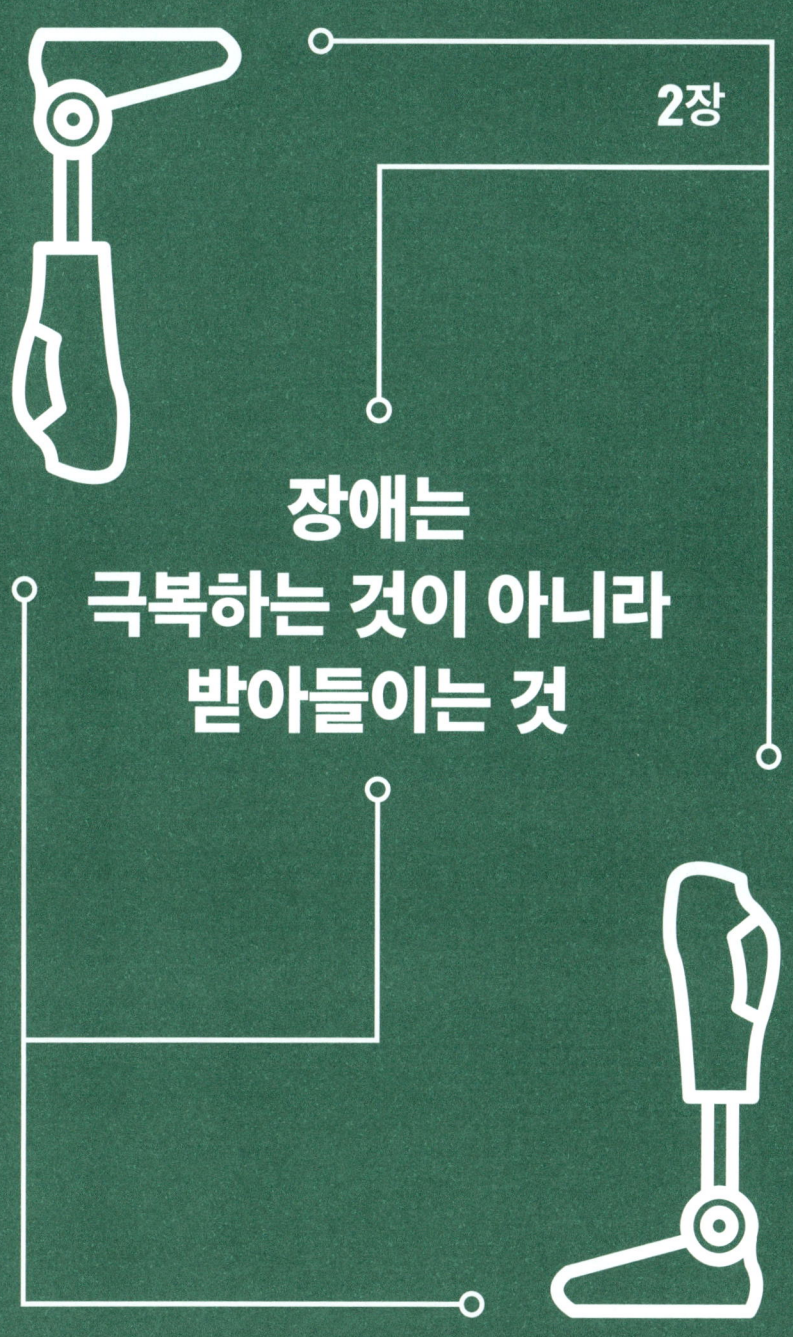

2장

장애는
극복하는 것이 아니라
받아들이는 것

1
"장애인은 안 됩니다"
문전박대, 첫 직장

고등학교 3학년 2학기, 나는 전자 관련 기능사 2급 자격증을 무려 4개나 취득했다. 자신감이 생겼고, 이제는 어엿한 사회인으로 첫걸음을 뗄 준비가 되어 있었다.

나는 소규모 전자 회사에 면접을 보러 갔다. 그러나 결과는 참담했다.
"장애가 있으시니 여기서는 일하실 수 없습니다."
인사 담당자는 딱 잘라 말했다.

전자 회사는 4층에 있었고, 엘리베이터도 없었다. 짐을 나르는 일도 있다며, 나 같은 사람은 애초에 고려 대상이 아니라는 태도였다. 설명할 기회조차 주지 않았다.

사실 나는 짐을 어깨에 메고 계단을 오르는 것에도 전혀 문제가 없었다. 하지만 단지 다리가 불편하다는 이유만으로, 내 능력은 단 한 줄도 평가받지 못한 채 문전박대를 당했다.

속상하고 억울했다. 자격증이 4개나 있는데, 시도조차 안 해보고 거절하다니…. 나는 화가 나서 들고 있던 자격증 서류를 집어 던졌다.

그날 이후 마음속으로 다짐했다.
'전자 회사는 다시는 안 간다.'

직장에서만 그런 것은 아니었다. 스무 살이 된 나는 검도를 배우고 싶었다. 장애인 체육이 제대로 마련되지 않았던 시절, 일반 검도장 문을 두드렸다. 스스로를 보호하고, 나아가 여자친구도 지켜주고 싶었다. 목발을 사용하는 내게 '작대기'는 늘 손에 익은 도구였다. 그것으로 호신술을 익히면 얼마나 든든할까 싶었다.

하지만 돌아온 대답은 또다시 거절이었다.
"몸이 불편하신 분은 여기서 같이 운동하기 어렵습니다."

이번에도 겉모습만으로 판단당한 것이다.

"내가 시합에 나가겠다는 것도 아니고, 내 돈 내고 운동 좀 배우겠다는데, 왜 안 된다는 거지?"
억울함과 분노가 치밀어 올랐다.

그런데 바로 그날, 그 문전박대는 내 인생의 또 다른 전환점이 되었다.

검도장에서 기분 나쁘게 돌아서 나오는 길, 바로 앞에 헬스장이 보였다.

"야, 검도 말고 이거나 하자."
친구가 말했다.

그렇게 아무 기대 없이 들어간 헬스장은 내게 처음으로 "괜찮다"라고 말해준 곳이었다.

그 순간부터 내 인생은 달라졌다. 웨이트 트레이닝은 장애와 무관했다. 몸이 불편하다고 해서 할 수 없는 운동이 아니었다.

어릴 때부터 목발을 짚고 다

닌 나는 상체 근력만큼은 누구보다도 뛰어났다. 불편함을 이겨낸 게 아니라, 이미 익숙하게 받아들이고 있었다.

육교를 오를 때도 나는 남들보다 빨랐다. 한 손은 난간을 잡고, 다른 한 손은 목발로 땅을 밀면서, 세 계단씩 단숨에 당겨 올라갈 수 있었다.

남들은 나를 '장애인'이라며 제한했지만, 내 몸은 내 방식대로 충분히 단련되어 있었다. 웨이트 트레이닝은 검도보다 훨씬 나와 잘 맞았고, 자신감을 심어주었다.

생애 첫 직장에서 거절당하고, 검도장에서 상처받았던 그 순간들이 지금은 오히려 고맙다. 만약 그날 검도장 관장이 나를 받아주었다면, 지금의 나는 없었을지도 모른다.

장애는 극복의 대상이 아니라, 받아들이고 살아가야 할 내 삶의 일부였다. 그것을 깨달은 스무 살, 나는 진정으로 내 몸과 인생을 긍정하기 시작했다.

2

20*kg* 쌀 배달도 거뜬히

첫 직장에서 받은 상처는 생각보다 오래갔다. 장애 때문에 입사를 거절당한 경험은 내게 깊은 상처를 남겼고, 그 트라우마는 한동안 어디에도 입사 원서를 낼 용기를 빼앗아갔다.

다행히 지인의 소개로 자동차 키를 제작하는 공장에서 일할 기회를 얻었다. 내 전공과는 전혀 무관한 일이었지만, 일단 사회생활의 발판이 될 수 있다는 사실이 고마웠다. 영업보다는 생산이 주 업무였고, 그렇게 그곳에서 꼬박 1년을 버텼다.

1년 후, 아는 형님이 운영하던 마트에서 창고 책임자 자리를 맡게 되었다. 이직이라기보다는 삶의 방향이 다시 한번 꺾인 순간이었다. 그곳이 내 두 번째 직장이었다.

장애가 있다는 것은 일하는 데 아무런 문제가 되지 않았다. 라면 50개가 든 박스 5개를 한 번에 어깨에 메고, 좁은 계단을 자세 낮춰 통과하는 건 내 특기였다.

오토바이를 타고 쌀 배달도 하고, 매장 진열부터 창고 정리까지 뭐든 닥치는 대로 했다. 힘들었지만, 그런 일들을 무리 없이 해내는 내가 스스로도 뿌듯했다.

그러던 어느 날, 쌀 배달 주문이 들어왔다. 20kg짜리 쌀 두 포대. 게다가 3층 빌라였다. 한 포대 정도는 어깨에 메고 목발로 3층쯤은 거뜬했지만, 두 포대라니? 고민 끝에 도전해 보기로 했다.

쌀 두 포대를 어깨에 메고, 한 손에는 목발을 짚고 계단을 오르기 시작했다. 2층까지는 괜찮았다. 하지만 3층에 다다르자 다리가 후들거리고 숨이 턱 막히기 시작했다.

멈추자니 쌀이 떨어질 것 같고, 계속 가자니 목발이 부러질 것처럼 위태로웠다. 힘겹게 문 앞에 도착해 쌀을 어깨에서 내리지도 못한 채 한참을 숨 고르며 서 있었다.

그때 안에서 아주머니가 나를 보고 놀란 듯 말했다.

다리(leg) 잃은 내가
희망의 다리(bridge)가 되려는 이유

"아이고, 어쩌면 좋아…. 어휴, 누구 좀 불러와야겠네."

"괜찮습니다."

나는 태연한 척 웃으며 쌀을 현관 앞에 놓았다.

"5만 8,000원입니다."

그러고는 아무렇지 않은 듯 웃으며 돈을 받고 나왔다. 하지만 바로 계단에 앉아 숨을 고르느라 5분은 꼼짝도 못 했다.

그때뿐만이 아니다. 계단에 다리가 걸려 쌀 포대가 날아가 찢어진 적도 있다. 바닥에 쏟아진 쌀을 빗자루와 쓰레받기로 쓸어 담아 다시 들고 왔던 날도 있었다. 그 상황을 떠올리면 지금도 웃음이 나온다.

한 번은 무면허로 오토바이를 타고 배달을 나갔다가 경찰에게 딱 걸렸다. 경찰에게 사정을 설명했다.

"먹고살려고 그런 겁니다. 장애가 있어서 목발 짚고 다니는데, 오토바이 아니면 배달이 힘들어서요…."

경찰은 곤란한 표정을 지었다. 그러더니 말했다.

"앞에 있는 경찰한테 내가 보냈다고 말하고, 가서 다시 한 번 이야기해보세요."

그 말이 꼭 "그냥 도망가라"라는 말처럼 들렸다. 그래서 나는⋯ 진짜 도망쳤다. 그러면 안 되는 줄 알면서도, 그땐 생존이 먼저였다.

그렇게 나는 몸으로 일했고, 땀으로 버텼다. 장애는 내게 일할 자격을 빼앗으려 했지만, 나는 오히려 일로 스스로를 증명해갔다.

지금 돌아보면 그 시절의 하루하루는 고되고 힘들었지만, 참 보람된 날들이었다.

다리(leg) 잃은 내가
희망의 다리(bridge)가 되려는 이유

3
___

행복했던
음악다방 DJ

마트를 그만두고 새롭게 들어간 직장은 뜻밖에도 음악다방이었다. 고등학교 시절, 단골로 드나들던 그 음악다방에서, 나는 DJ로 일하게 되었다.

음악다방은 고1 때부터 우리들의 아지트였다. 가게 한가운데 자리를 잡고 앉아 담배를 피우고 있으면, 나이 지긋한 여사장님이 어김없이 한마디를 던졌다.

"대가리에 피도 안 마른 것들이 담배를 피운다니까."

우리는 천연덕스럽게 되받았다.

"대가리에 피 마르면 죽어요."

그 말을 끝으로 우리는 구석, 스피커 옆으로 자리를 옮기고는 신청곡을 건넸다. 늘 신청하는 곡은 스콜피언스(Scorpions)의 〈Still Loving You〉였다. 쩡한 기타 사운드와 함께 흐르던 그 노래는, 지금도 내 청춘의 배경음악이다.

1990년대 초반, 음악다방들은 하나둘 문을 닫기 시작했다. 하지만 나는 그 시기, 1년 동안 메인 DJ로 일했다. 능력이 출중해서는 아니었다. 사장님이 가게를 정리하려고 내놓았고, 나는 그 기회를 타서 "배워보고 싶다"라고 말했을 뿐이었다. 그 말에 사장님은 흔쾌히 허락해주셨고, 곧 새로운 사장이 오면서 자연스럽게 나는 메인 DJ가 되었다.

전성기 음악다방 DJ들은 도끼빗을 머리에 꽂고 느끼한 멘트를 날리는 게 유행이었다. 손님들은 그 과장된 멘트에 열광했다. 하지만 내가 DJ를 하던 시절은 음악다방이 쇠락해가던 시기였기에, 그런 퍼포먼스보다는 음악 자체로 승부해야 했다.

손님들이 네모난 메모지에 깨알같이 신청곡을 적어 DJ 박스에 넣으면, 나는 LP 음반을 찾았다. 팝송은 알파벳순, 가요는 가나다순으로 정리된 LP 음반들 사이에서 한 손으로 능숙하게 음반을 꺼내서 트는 모습은 나름대로 멋있었다.

다리(leg) 잃은 내가
희망의 다리(bridge)가 되려는 이유

음악이 끝나면 간단한 멘트와 함께 그날의 이슈, 사연, 일상의 감정을 전달했다. 말하자면 나는 작은 방송국의 진행자이자, 음악 큐레이터였던 셈이다.

가장 역동적인 날은 크리스마스이브였다. 캐럴과 이벤트로 가득 찬 그날, 음악다방은 발 디딜 틈 없이 손님들로 가득 찼다. 부드럽고 달콤한 음악이 흐르고, 손님들은 노래에 취해 좀처럼 나갈 생각을 하지 않았다.

그럴 때면 어김없이 사장님의 사인이 들어왔다.
"손님 순환 좀 시켜."
그럴 때는 신청곡 대신 헤비메탈을 연속으로 틀었다.

지나치게 강렬한 음악에 손님들은 슬그머니 자리를 떴고, 그 틈에 나는 다시 신승훈의 〈보이지 않는 사랑〉이나 스콜피언스의 〈Still Loving You〉를 틀며 균형을 맞췄다.

그 전략은 적중했다. 나를 좋아해주는 팬도 생겼고, DJ 부스 앞에 앉아 나를 바라보는 손님들의 눈빛은 내게 소중한 응원이 되었다.

그중엔 나를 짝사랑했던 여성도 있었다. 그녀는 조용히 나를 지켜보다가 어느 날 용기 내어 사랑을 고백했다. 하지만 나는 그 고백을 받아들이지 않았다.

상처받은 그녀는 술에 취해, 울먹이며 외쳤다.
"한민수! 네가 잘났으면 얼마나 잘났어!"

지금 생각하면 참 미안하다. 어린 마음에 누군가의 마음을 너무 가볍게 받아들였다는 생각도 든다.

하지만 그와는 별개로, 그 시절 나는 정말 하고 싶은 일을 하며 살았다. 매일 음악을 고르고, 사연을 읽고, 분위기를 이끌고, 나만의 시간을 누렸다.

장애도, 돈도, 세상의 시선도 잠시 잊고 내가 나일 수 있었던, 그렇게도 행복했던 시절이었다.

4

장애인 직업훈련소에서
장애를 받아들이다

음악다방 DJ 일을 그만두고 난 후, 나는 처음으로 장애인 직업훈련소에 들어가게 되었다. 친구들이 하나둘 군대에 가던 시절, 나도 어느 순간 장애인들과 함께 지내보고 싶다는 마음이 들었다.

그전까지 나는 장애를 안고 살아왔지만, 정작 장애인이라는 사실을 인정하지 않고 살아왔다. 어쩌면 스스로 다르다고 믿으며 외면하고 있었는지도 모른다.

그런데 이상하게도 그때는, 내 처지를 받아들이고 싶었다. 지금 돌이켜봐도 왜 그런 결심을 하게 되었는지는 알 수 없다. 다만, 인생의 어떤 흐름이 나를 그곳으로 이끌었던 것 같다.

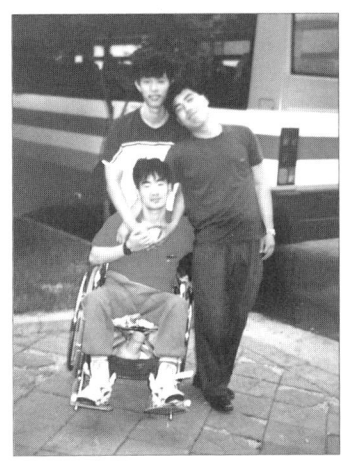

직업훈련소에서 나는 기숙사 생활을 하게 되었다. 처음에는 꽤 혼란스러웠다. 모두가 장애인이었지만, 장애의 유형도, 나이도, 성격도 모두 달랐다. 그만큼 사연도 각양각색이었다.

한 친구는 좀 놀았는데, 싸움 끝에 목에 칼을 맞아 경추(목등뼈) 장애를 입었다. 또 다른 친구는 교통 사고가 나서 대퇴(넓적다리)를 절단했다. 그리고 나. 그렇게 셋이 친해져 우리는 삼총사가 되었다.

우리 외에도 소아마비 형님들, 뇌성마비 동생들, 선천적으로 팔이 기형인 친구 등 다양한 장애를 가진 사람들이 있었다. 함께 생활하다 보니 자연스럽게 친해졌고, 서로를 이해하고 알아가는 시간이 깊어졌다.

물론 그 안에도 '서열'이 있었다. 나이 많은 형님들이 맨 꼭대기였고, 우리 삼총사는 자연스럽게 동생들을 챙기거나 훈계하기도 했다.

한 번은 친구 중 한 명이 엘리베이터 안에서 후배를 호되게 혼내고 있었다. 나는 조심스레 말했다.

"우리는 모두 장애를 안고 살아가는 사람들이잖아. 때리고 겁줄 필요는 없잖아. 선후배 관계 정도만 잘 정리하면 되지."

다행히 내 말은 받아들여졌고, 이후로는 그런 일이 줄어들었다.

기억에 남는 일도 많다. 어느 휴일, 조폭 출신 친구에게 여자친구가 찾아왔다. 그녀는 미술을 전공하고 있었고, 주말이면 꼬박꼬박 그를 만나러 왔다.

하지만 친구는 그런 그녀에게 늘 차갑게 굴었다.

"꺼져."

짧고 날카로운 말투로 사랑을 밀어냈다.

사실 그는 그녀를 사랑했지만, 장애를 안고는 함께할 수 없다고 믿고 있었던 것 같다. 자신이 짐이 될까 두려워, 스스로 그녀를 밀어냈던 것이다.

나와 또 다른 친구는 그를 말리고 설득했다.

"지금 널 찾아오는 사람이 얼마나 귀한지 알아? 괜히 후회

하지 말고, 진심으로 대하자."

그 후로 그들은 다시 가까워졌다. 나는 그 장면이 참 좋았다. 비록 상처를 안고 살아가지만, 사람은 여전히 사랑받고 사랑할 수 있다는 것을 배웠다.

훈련소에서는 공부만 한 것이 아니다. 수영도 배우고, 축구도 하고, 배드민턴도 쳤다. 연극도 하고, 장기자랑도 했다. 여러 활동을 통해 우리는 웃고, 놀고, 다투며 조금씩 더 가까워졌다. 함께 웃을 수 있다는 것이 얼마나 위로가 되는 일인지 그때 처음 알았다.

그리고 그 속에서, 나는 내가 장애인이라는 사실을 처음으로 진심으로 받아들이게 되었다. 우리 모두 각자의 사연을 가지고 있었고, 대부분은 중도장애인이었다.

처음부터 장애를 안고 태어난 사람은 많지 않았다. 그들 역시 한때는 평범하게 살다가 어느 날 갑자기 삶이 바뀐 사람들이었다.

나는 깨달았다. 장애는 극복하는 것이 아니라, 받아들이는 것이라는 것을.

아무리 목발을 짚고 날고뛰어도 아픈 다리가 낫는 것은 아니었다. 아무리 열심히 산다고 해도 장애인이 다시 비장애인이 되는 것은 아니었다.

내가 진짜로 해야 할 일은 비장애인의 삶을 그리워하는 게 아니라, 지금의 내 모습을 있는 그대로 받아들이고 살아가는 것이었다.

장애를 받아들일 때 비로소 나는 다시 시작할 수 있었다. 그것은 수영을 배우는 일처럼, 처음에는 버겁지만 조금씩 호흡을 찾으면 내 몸에 맞는 속도와 방향을 찾을 수 있는 일이었다.

5

실력으로 대기업에
들어가다

직업훈련소에서 내가 선택한 전공은 전자 분야가 아닌, 정보통신 분야였다. 고등학교 때 따놓았던 전자 자격증이 무용지물이 된 아픈 기억이 있었기 때문이다. 또다시 실패하고 싶지 않았고, 그래서 나는 컴퓨터 프로그래머가 되기로 마음먹었다.

하루하루 열심히 공부했다. 이론 시험에 합격하고 실기 시험을 준비하고 있을 즈음, 한 대기업에서 장애인 채용 공고가 떴다. 취업의 기회가 온 것이다.

그 기업은 장애인 직업훈련소에 직접 연락해서 함께 일할 수 있는 사람을 추천해달라고 요청했다.

다리(leg) 잃은 내가
희망의 다리(bridge)가 되려는 이유

훈련소에서 전자 자격증을 가진 사람은 나 하나뿐이었다.

고민이 많았다. 그 기업에서 원한 것은 프로그래머가 아니라, 오디오 수리와 검사 부문, 즉 전자 분야였다. 돌고 돌아 다시 전자로 가야 한다는 현실에 두려움이 앞섰지만, 결국 나는 지원했다.

그리고 그 대기업 오디오 회사에 당당히 입사했다.

고등학교 졸업 후, 첫 직장 면접에서 문전박대를 당하고 자격증을 집어던졌던 때가 엊그제 같은데, 나는 다시 그 자격증으로 대기업에 들어가게 된 것이다.

참 세상일이란, 정말 모르는 거다. 신기했고, 벅차게 기뻤다.

출근 첫날이 아직도 생생하다. 그곳은 본사였고, 직원이 약 700명쯤 되는 규모였다. 건물 앞에는 이런 현수막이 걸려 있었다.
"92년 롯데자이언츠 한국시리즈 우승을 축하합니다."

그 낯선 풍경 속에서 나는 새로운 싸움을 시작해야 했다.

　기술직으로 입사한 나는 수리사들과 검사자들 사이에서 일했다. 업무는 팀워크가 전부였다. 그런데 처음부터 벽이 있었다. 나를 가르쳐주겠다는 사람도 없었고, 대놓고 무시하는 시선을 감당해야 했다.

　솔직히 말해서 그때는 하루하루 버티는 심정이었다.
　"한 번만 더 인격적으로 무시하면, 진짜 싸우고 그만둔다."
그런 각오로 출근하던 날도 있었다.

　다행히, 결국 대화를 통해 문제점을 털어놓고 관계를 정리하게 되었다. 서로의 입장을 듣고 나서야, 오해와 불편함은 조금씩 풀려갔다. 그제야 비로소 직장 생활에 온기가 돌기 시작했다.

　점심시간이면 직원들은 옥상이나 잔디밭에 나가 족구와 축구를 즐겼다. 나는 처음에는 구경만 했다. 몸이 불편한 내가 뛰어든다고 하니 '다치면 어쩌나' 걱정부터 하는 눈빛들이 많았다.

　하지만 얼마 지나지 않아 나는 내기 족구에서 소리치며 공격을 지휘하는 주전 공격수가 되어 있었다.

　내 무기는? 목발이었다. 사람들은 목발을 장애의 상징으로 본다. 하지만 내게는 신체의 일부였다. 기회가 오면, 나는 주저 없이 목발로 마무리했다. 목발은 내 발이었다. 목발은 내 날개였다.

　그 모습을 보고 사람들은 나를 진짜로 '한 사람'으로 보기 시작했다. 나는 팀원이 되었고, 그들은 나를 동료라 불렀다.

　그렇게 나는 일하고, 뛰고, 어울리고, 이겨내며 내 삶 속으로 들어가고 있었다.

6

목발 짚고
대청봉 등반

회사에 다니던 어느 날, 나는 등산 동아리에 가입했다. 회원 대부분이 족구 멤버들이었기에 나도 자연스럽게 함께하게 되었다.

사람들은 '다리가 불편한 사람이 무슨 등산이냐'고 생각할 수도 있다. 하지만 그들은 이미 족구를 통해 내 운동 능력을 인정하고 있었다.

덕분에 처음 만난 동호인들도 나를 특별한 사람으로 보지 않고 자연스럽게 동료로 받아들였다. 나 역시 목발을 짚고 생활했지만, 웬만한 산은 누군가의 도움 없이도 스스로 오를 수 있었다.

다리(leg) 잃은 내가
희망의 다리(bridge)가 되려는 이유

1993년 10월, 첫 등반지는 설악산 흔들바위였다. 생각보다 수월하게 도착했고, 심지어 바위를 흔들어보기까지 했다.

그때였다. 바위 사이로 높이 솟은 봉우리가 눈에 들어왔다. 나는 동료에게 물었다.

"저기, 저 봉우리 뭐예요? 다음에는 저기 올라가고 싶습니다."

동료는 고개를 절레절레 저었다.

"거긴 힘들어. 비장애인도 오르기 힘든 곳이야. 거기까지 거리는 지금의 10배는 될 거야."

그곳은 설악산의 정상, 대청봉으로 해발 1,708m였다. 그 말을 듣자 오히려 더 도전하고 싶어졌다.

1994년 10월, 새벽 2시.
우리는 오색약수터에서 출발했다. 단풍철이라 숙소를 구하지 못해 야간 산행을 감행한 것이다.

오색약수터에서 대청봉까지는 5.8km, 대청봉에서 속초로 내려오는 거리는 12.7km, 전체 산행 거리는 평지까지 합쳐 약 20km였다. 우리의 계획은 설악산 정상을 찍고 속초로 넘어가는 것이었다.

출발 6시간 후, 오전 8시.
우리는 마침내 대청봉 정상에 도착했다. 하지만 아직 끝이 아니었다. 이제 다시 12.7km를 걸어 속초까지 내려가야 했다. 결국 총 17시간의 산행. 우리는 설악산을 정복했다.

사실, 이 긴 산행은 나 혼자 힘으로는 불가능했을 것이다. 동료들의 배려, 등산객들의 격려, 그리고 끝내 나 자신을 믿은 용기가 나를 대청봉까지 이끌었다.

처음엔 손전등 하나, 직장동료의 팔 하나에 의지해 걷기 시작했다. 1시간쯤 지났을까. 바위 계단을 오르던 도중, 오른쪽 허벅지가 딱딱하게 굳어가며 감각이 점점 사라지기 시작했다.

나는 산길에 주저앉았다. 동료들은 "좀 쉬다 가자"라고 했지만, 속으로는 포기하고 싶은 마음도 들었다.

그때, 한 부자(父子)가 내 앞을 지나갔다. 아빠는 머리 위로 솟은 무거운 배낭을 짊어졌고, 아들은 일곱 살쯤 되어 보였다. 아이의 발 앞에는, 가슴 높이의 바위 계단이 줄지어 있었다.

거의 기어오르듯 한 걸음씩 나아가던 아이가 말했다.

"아빠, 아직 멀었어? 나 못 가겠어….'

뒤돌아보지도 않은 아빠는 말했다.

"그냥 따라와."

나는 그 광경을 보며 깨달았다.

'저렇게 어린아이도 포기하지 않고 오르는데, 내가 여기서 주저앉으면 안 되겠구나.'

나는 자리에서 일어났다. 다시 산행을 시작했다.

그러나 얼마 가지 않아, 다시 주저앉고 말았다. 손바닥의 굳은살 위에 물집이 잡혔고, 체력은 고갈되어 있었다. 무릎도, 팔도, 허벅지도 더는 움직일 수 없을 것 같았다.

그 순간, 속초에서 출발해 정상을 찍고 오색약수터로 내려오는 한 등산객이 나를 발견하고 외쳤다.

"세상에! 목발 짚고 여기까지 올라오셨어요?"
"네, 그렇습니다."
"정말 대단하십니다! 인간 승리입니다! 조금만 더 가면 대청봉입니다! 파이팅!"

그 말 한마디가 내 가슴 속 깊이 박혔다.
'조금만 더 가면 된다고?'

나는 다시 일어났다. 그리고 걷기 시작했다. 마침내 대청봉 정상에 섰다.

끝없이 펼쳐진 산봉우리들. 구름을 뚫고 솟은 능선들. 그 광경은 잊을 수 없는 인생의 절경이었다.

하지만 내려가는 길은 더 험했다. 한 계단씩 내려올 때마다 무릎에 전해지는 충격. 통증은 올라갈 때보다 더 뼈아팠다.

중간엔 수백 명의 등산객이 몰려 100평 남짓한 바위 위에서 병목현상이 생기기도 했다. 자칫 잘못 넘어지기라도 했다면 절벽 아래로 떨어질 수 있는 아찔한 순간이었다.

걷고, 쉬고, 또 걷기를 수십 번. 결국 저녁 7시, 우리는 평지

다리(leg) 잃은 내가
희망의 다리(bridge)가 되려는 이유

에 도착했다. 새벽 2시에 시작한 산행은 무려 17시간 만에 마침표를 찍은 셈이다.

나는 지친 몸으로 속초 땅을 디디며 말했다.
"다시는 설악산 안 올 거야."

지금도 가끔 한계령을 차로 넘을 때면 그날의 기억이 떠오른다. 그때의 산행은 지금의 나를 만들어준 가장 값진 인생 수업이었다.

인생도 산과 같다. 오르막이 있으면 내리막도 있고, 쉬운 길이 있으면 힘든 길도 있다. 기쁠 때가 있으면 슬플 때도 있다. 누구나 희로애락을 안고 살아간다. 그래서 우리는 위로받고, 격려를 받으며 살아가야 한다.

살다 보면 나보다 잘난 사람만 바라보게 되는 순간이 있다. 자신이 작고 초라하게 느껴지기도 한다. 우리는 남들과 비교할 때 자괴감과 열등감을 느낀다.

그럴 때는 잠깐 뒤를 돌아보자. 내 뒤에는 나보다 더 어려운 여건에서도 살아가는 사람들이 있다.

그래서 나는 말하고 싶다.

꿈을 꾸되, 목표를 세워라. 꿈만 꾸는 것은 허상이지만, 목표를 정하고 움직이면 그것은 현실이 된다. 도전을 멈추지 마라. 실패는 성공으로 가는 과정이고, 넘어지면 다시 일어나면 된다.

"이것도 못 해?"가 아니라,

"이것도 할 수 있어!"라고 말하며 살아가자.

다리(leg) 잃은 내가
희망의 다리(bridge)가 되려는 이유

7
장애로 자괴감을
느끼게 될 때

중도 장애인이 용기를 내어 세상 밖으로 나왔다고 치자. 하지만 이 세상은 만만치 않다.

휠체어를 타고 횡단보도를 건너려다 2cm 남짓한 턱을 넘지 못해 신호가 바뀌는 순간, 그 작디작은 턱 앞에서 느끼는 절망감은 이루 말할 수 없다. 이런 사소한 장벽 하나에도 세상은 참 험하다는 것을 실감한다. 그리고 자괴감이 스며든다.

나 역시 환상통을 겪는다. 하루 24시간, 10초 간격으로 찾아오는 통증은 상상을 초월한다. 처음엔 이를 악물고 참지만, 몇 시간이 지나면 결국 터지고 만다.

통증에 화가 나고, 인내심은 바닥난다. 이럴 때면 가족들은 감히 곁에도 오지 못한다. 통증이 6시간, 길게는 12시간 이어질 때면, 나는 차에 올라타 고속도로를 달리며 소리 지르는 것으로 겨우 마음을 달랜다. 그렇게라도 하지 않으면 미쳐버릴 것 같아서다.

가족과 함께일 때도 자괴감을 느낀 적이 많다. 큰아이가 네 살이 되고, 막내가 태어났을 무렵이었다. 가족들과 계곡에 놀러 갔지만, 나는 할 수 있는 것이 없었다. 울퉁불퉁한 자갈길조차 걷기 힘들어 아이들과 함께 물놀이를 하지 못했다. 그저 멀찍이 앉아 삼촌과 노는 아이들을 바라볼 뿐이었다. 아빠로서 아이들과 어울리지 못한다는 사실은 나의 자존심을 깊이 찔렀다.

운동회도 마찬가지다. 아이들 운동회 날, 다른 아빠들은 양말에 바지 밑단을 집어넣고 달릴 준비를 한다. 나도 뛰고 싶었다. 아니, 얼음 위라면 누구보다 빠르게 뛸 수 있다는 자신감도 있었다. 그러나 현실은 다르다. 그저 조용히 구경만 해야 했다. 그 순간, 나도 모르게 아이들에게 미안한 마음이 들었다.

운전할 때도 마찬가지다. 중도에 다친 휠체어 장애인의 경우, 휠체어를 접어 조수석에 싣고 차에 올라탔다가, 도착 후

다리(leg) 잃은 내가
희망의 다리(bridge)가 되려는 이유

휠체어를 다시 꺼내 차 문을 닫는다. 그런데 도착 순간, 신발이 없다. 출발할 때 바닥에 떨어졌는데, 다리에 감각이 없다 보니 그 사실조차 몰랐던 것이다. 그런 순간에는 참담한 자괴감이 밀려온다.

가장 힘든 건, 생리현상을 조절하지 못할 때다. 감각이 없다 보니 바지에 실수하는 건 예사고, 음식이라도 잘못 먹으면 설사로 고통이 2배가 된다. 아무리 주변에서 도와줘도, 그 순간만큼은 인간으로서 수치감을 느끼지 않을 수 없다. 특히 장시간 비행을 해야 할 때, 장이 민감한 척수장애인은 아예 음식을 먹지 않는다. 혹시 모를 실수가 두려워서다.

내가 의족을 처음 끼게 된 것은 다리를 절단하고 6개월 후였다. 연세 세브란스 재활병원에서 재활치료를 받던 중, 척수장애를 입은 형님 한 분을 알게 되었다. 그는 과거 조직 세계에서 '행동대장'으로 불리던 분이었다. 교통사고로 장애를 입고 조직을 떠나려 했지만, 후배들은 그를 계속 '형님'으로 불렀다.

어쩔 수 없이 한 번 식사를 같이 하게 되었는데, 고깃집에서 식사하던 중, 갑자기 구린 냄새가 풍겼다. 알고 보니, 형님이 실수하신 것이었다. 하체의 감각이 없다 보니 그런 상황이 발생한 것을 미처 인지하지 못했던 것이다.

　당황한 후배들이 수군거리는 모습을 보며, 형님은 얼굴을 들지 못했다. 그 이후로 그는 그 세계를 완전히 떠났다고 한다. 자존심 하나로 살던 사람이 수치감 앞에서 얼마나 무너질 수 있는지 보여준 장면이었다.

　장애인들 사이에는 또 다른 슬픈 이야기들도 있다. 다리에 감각이 없는 척수장애인이 고기를 구워 먹으러 식당에 갔다가, 방바닥에 다리를 뻗은 채 앉아 있다가 화롯불이 다리 위로 옮겨진 것도 모르고 고기를 구워 먹다 화상을 입은 이야기. 뜨거운 전기장판을 깔고 자다가 온도 조절을 못 해 다리에 심각한 화상을 입은 이야기도 들은 적이 있다.

　척수장애인들은 척수뼈 몇 번을 다쳤는지에 따라 감각과 운동 기능이 달라진다. 요추를 다친 경우, 설 수는 있어도 통증이 극심해 일반 진통제로는 효과가 없다. 그 고통은 상상 이상이다.

　장애는, 불편한 게 맞다. 길가의 턱 하나, 카펫 한 장, 계단 몇 개가 이동을 막는다. 지하철이나 대중교통을 이용할 때 이동 약자를 위해 설치된 엘리베이터나 에스컬레이터도 모든

다리(leg) 잃은 내가
희망의 다리(bridge)가 되려는 이유

역에 다 있는 것이 아니다.

버스를 타도 눈치를 봐야 하고, 경사로를 통해 타고 내릴 때는 사람들의 시선을 의식하게 된다. 그래서 외출을 꺼리는 장애인들이 많다. 불편함보다 시선이 더 큰 장벽이 되는 경우도 있다.

그러나 장애인이 이동할 때 겪는 불편은 국가와 사회가 환경을 바꾸면 해결할 수 있다. 인도에 점자블록을 만들고, 계단이 있는 곳에 경사로나 엘리베이터를 설치하면 된다.

이처럼 장애인은 세상에 나와서도 '불편함'과 '자괴감'이라는 이중고를 겪는다. 장애인들이 누구에게도 의존하지 않고, 스스로 자유롭게 움직일 수 있는 날이 오기를 간절히 바란다.

3장

다리를
절단하셔야 합니다

1

스물다섯,
골수염 판정을 받다

　여느 날과 다름없이 일을 하고 있었다. 조금 피곤했는지 졸음이 쏟아졌다. 정신을 차리기 위해 세수를 하러 화장실로 향했다. 문을 밀고 들어서는 순간, 물기로 젖은 타일 위에서 목발이 미끄러졌다. 그리고 그대로 바닥에 무릎을 찍었다.

　"아…!"

　청바지가 찢어졌고, 찢어진 틈 사이로 피가 흘렀다. 엄청난 고통과 함께 '나는 왜 장애인이 되어 이런 고통을 겪어야 하나'라는 생각이 머릿속에 휘몰아쳤다. 감정이 폭발했고, 참을 수 없는 자괴감이 밀려왔다.

상처가 예사롭지 않았다. 급히 병원으로 향했고, 의사 선생님은 내 다리를 보더니, 조심스럽게 말했다.

"골수염 같습니다. 만성일 가능성이 큽니다. 이 정도면… 차라리 다리를 절단하는 게 나을 수도 있습니다."

순간 머릿속이 하얘졌다.

"아니요. 자르지 마세요. 치료만 해주세요. 어떻게든 다리를 살려주세요."

나는 단호히 말했다. 볼품없는 다리라도 있는 것과 없는 것은 다르다고 생각했다. 그때 나는 고작 스물다섯 살이었다.

치료는 단순히 상처를 꿰매고 소독하는 정도일 거라 생각했다. 그러나 의사는 고개를 저으며 설명했다.

"이건 단순한 상처가 아닙니다. 고름이 마치 찰고무처럼 무릎뼈에 들러붙어 있어요. 갈아내야 합니다."

그렇게 수술이 시작됐다. 하반신 마취를 하고 수술대에 누웠다. 의사는 내 배 아래로 커튼을 치더니 수술에 들어갔다.

그런데 이내 낯선 소리가 들렸다.

"드르르르르—!"

다리(leg) 잃은 내가
희망의 다리(bridge)가 되려는 이유

핸드 그라인더 소리였다.

'여기가 공업사도 아니고… 웬 그라인더 소리야?'

놀란 마음에 몸을 일으켜보려 하자, 간호사와 의사들이 급히 나를 눕히며 말했다.

"보시면 안 돼요. 수술 장면을 보면 쇼크가 올 수 있습니다."

알고 보니 의료용 핸드 그라인더로 내 뼛속의 고름을 갈아내고 있었던 것이다. 그 소리를 들으며 내 몸이 무슨 쇳덩이라도 된 것처럼 느껴졌다. 내가 지금 사람인지, 기계 부품인지 혼란스러웠다. 그런 기분 속에서 수술은 이어졌고, 나는 그저 무사히 끝나기만을 바랐다.

그날 이후, 상처 부위는 물 한 방울 닿아선 안 됐다. 샤워할 때마다 비닐랩으로 감싸야 했고, 평범한 일상조차 불편해졌다. 상처가 낫기만을 바라는 마음으로 하루하루를 버텼다.

그 시간이… 장장 4년이었다.

다리(leg) 잃은 내가
희망의 다리(bridge)가 되려는 이유

2

아내와의
운명적인 만남

전자 회사에 입사하자마자 지금의 아내를 만났다. 나는 생산된 오디오를 1차로 검사하는 파트에서 일했고, 그녀는 내 옆자리에서 함께 일했다. 작고 아담한 그녀는 첫눈에 내 마음을 사로잡았다. 나는 그녀를 여자친구로 만들고 싶어서 슬쩍슬쩍 작업을 걸기 시작했다.

그녀는 마른 체형에 시크한 성격이었다. 다른 부서의 건장한 총각들도 그녀의 관심을 끌기 위해 안간힘을 썼지만, 그녀는 누구에게도 눈길을 주지 않았다. 그런데 이상하게도 나에게만큼은 다정했다. 일도 잘 알려주고, 친절하게 대했다.

그녀의 그런 모습에 나는 더 빠져들었고, 좋은 감정이 자라

났다. 그렇게 입사한 지 두 달 만에 우리는 연인이 되었고, 동료들의 부러움을 한 몸에 받으며, 사내 커플로 6년을 연애했다.

장애인과 비장애인의 결혼은 현실적으로 쉽지 않다. 특히 비장애인 쪽 부모님의 반대가 가장 큰 벽이 된다. 그러나 우리는 달랐다.

그녀의 가족들은 처음부터 나를 따뜻하게 맞아주었다. 나는 '우리 처갓집 식구들은 천사구나. 내가 잘나서 그러는 거겠지'라며 우쭐해하기도 했다.

우리는 사귄 지 두 달 만에 우리 부모님께 인사를 드렸고, 부모님은 곧바로 결혼하라고 하셨다. 나는 기뻤지만, 그녀는 고개를 저으며 말했다.
"너를 어떻게 믿고 결혼하냐고!"

그 말이 서운했지만, 지금 생각해보면 당연한 반응이었다. 돈도 많이 없고, 장애도 있는 나와 사귀어주는 것만으로도

다리(leg) 잃은 내가
희망의 다리(bridge)가 되려는 이유

감사한 일이었다.

그러나 우리는 사랑을 지켜냈다. 연애 4년 차가 되던 해, 드디어 그녀의 가족에게 인사드리러 가게 되었다. 그녀의 어머니는 혼자서 아들 넷, 딸 둘을 키우신 분이었다. 그중에서도 아내는 눈에 넣어도 아프지 않은 막내딸이었다.

인사 전날, 친구들과 술 한잔을 하며 농담 삼아 말했다.
"문전박대당하면 너희들도 나와 함께 가서 '막내딸 주세요!'라고 해줘야 한다."

친구들의 응원 속에 배 한 상자를 어깨에 짊어진 채 여자친구 집으로 향했다. 그러나 문전박대는커녕, 가족들은 나를 마치 오래된 친구처럼 반겨주었다. 나를 가운데 두고 온 가족이 둘러앉았다. 나는 순간 동물원의 판다라도 된 듯한 기분이 들었다. 그 따뜻한 분위기가 너무나 좋았다.

그날 이후 나는 자주 처가댁을 방문했다. 갈 때마다 어머님은 갓 지은 쌀밥과 연탄불에 고등어를 구워주셨다. 하지만 이제는 그 고등어구이를 다시는 맛볼 수 없다.

연애는 2년 더 이어졌고, 우리는 결혼에 골인했다. 결혼하고 나서야 비로소 알게 되었다. 왜 내가 인사드리기까지 4년이 걸렸는지, 왜 그들이 그렇게 따뜻하게 나를 맞아주었는지.

그것은 아내가 무려 4년 동안 가족을 설득했기 때문이었다. 특히 장모님은 끝까지 반대하셨다고 한다. 어린 막내딸이 장애인과 결혼한다고 했으니, 당연한 일이었을 것이다. 나중에 들으니, 내가 보낸 선물들을 장모님은 모두 밖으로 내던지기까지 했다고 한다.

나는 그런 것도 모르고 "왜 초대 안 해?", "언제 부모님께 인사드릴 거야?"라며 투정만 부렸다. 그 모든 시간 동안 아내는 내색 한 번 하지 않고, 홀로 버티고 있었던 것이다. 결혼하고 나서야 알았다. 나는 정말 큰 복을 받은 사람이었다.

결혼 전, 한 번은 퇴근 후 처가댁 근처에서 아내와 데이트를 하고 있었다. 횡단보도 앞에 서 있다가 신호가 바뀌자 사람들 사이에 섞여 길을 건넜다. 그때 아내가 조용히 말했다.
"지금 지나간 분이 우리 엄마야."
"정말?"

순간 믿기 어려웠다. 그토록 오랜 시간 반대하시던 장모님과 딸의 신경전이 느껴졌다. 그때 알았다. 가족이란 건, 사랑

다리(leg) 잃은 내가
희망의 다리(bridge)가 되려는 이유

이란 건, 말보다 훨씬 깊은 감정이라는 것을.

장모님은 혼자서 여섯 자녀를 키워낸 강한 어머니셨다. 그런 어머니 앞에 내가 선 것이다. 돈도 많이 없고, 마른 몸에 목발을 짚은 내가.

아내는 왜 나와 결혼해도 되겠다고 생각했을까?

첫 번째는 '장애인 한민수'가 아닌, '사람 한민수'로 나를 봐줬기 때문이다.

두 번째는 나의 성실함과 책임감을 믿었기 때문이라고 했다.

그 믿음을 얻기 위해 나는 노력했다. 월급의 절반을 맡기고, 함께 적금 통장을 만들었고, 직장 외에도 두 가지 일을 더 했다.

하나는 노조 편집장이었다. 직장 내 소식, 시, 사연 등을 담아 월간지를 만들어 전 직원들과 소통했다.

또 하나는 우유 배달이었다. 러시아워 시간을 피하려고 남들보다 1시간 먼저 출근해 본사 직원들에게 우유를 배달하기 시작했다.

처음엔 요령이 없어 1시간 넘게 걸렸지만, 한 달쯤 지나자 40분 만에 끝낼 수 있었다. 엘리베이터도 없는 2층 사무실에, 무거운 우유 상자를 들고 계단을 오르내리며 정확하게 배달했다. 흰우유, 딸기우유, 초코우유, 요구르트, 요플레까지. 어떤 직원에겐 건강 보조식품이었고, 어떤 이에겐 아침 식사였기에 나는 절대 빠지지 않았다.

그렇게 2년 동안 우유를 배달했고, 나의 성실한 모습을 지켜본 아내는 나를 더 굳게 믿게 되었다.

아내가 말했다.
"난 장애인 한민수를 사랑한 게 아니야. 인간 한민수를 사랑한 거야."

앞으로도 나는 아내에게 감사한 마음으로 살아갈 것이다.

3

민수네
치킨집

결혼 후, 자연스럽게 '돈을 많이 벌어야겠다'라는 책임감이 밀려왔다. 그래서 결국 안정적인 회사를 과감히 그만두고, 내 이름을 내건 가게를 열었다. 동네 작은 상가, 버스 종점 근처에 "민수네 치킨집"이라는 간판을 걸고 술과 치킨을 팔기 시작했다.

"술장사는 산전수전 다 겪고 나서야 하는 거다."
부모님을 비롯해 많은 분들이 만류했지만, 혈기 왕성했던 나는 그런 조언들이 귀에 들어오지 않았다. 자신감 하나로 밀어붙였던 것 같다.

오픈 초반엔 분위기가 좋았다. 동네 친구들, 선후배, 버스 종점 기사님들까지 손님이 끊이지 않았다. 특히 종점에 위치한 덕분에 기사님들이 일을 마친 늦은 밤에 찾아주셨다. 고단한 하루 끝, 내 치킨과 술로 위로를 받는 모습이 뿌듯했다.

"젊어서 고생은 사서라도 한다지 않나."

초반엔 그렇게 스스로를 다독이며 활기차게 시작했다. 시간이 흐르자 친구들은 시내에서 1차, 2차를 즐긴 후 마지막으로 우리 가게에서 3차를 하곤 했다. 대부분 손님들도 마찬가지였다. 그 결과, 다른 가게에서 소란 피운 진상 손님들이 종점까지 흘러들어오게 되었고, 온갖 사연 많은 사람들을 상대하게 되었다.

술에 취해 바지에 실례하는 사람, 욕하며 시비 거는 사람, 외상 걸고 나타나지 않는 사람들. 게다가 가까운 선후배들도 외상으로 먹기 시작하면서 상황은 점점 힘들어졌다.

오픈 두 달쯤 지나, 아내도 회사를 그만두고 치킨집에 합류했다. 술 한 모금 못 하는 그녀가 밤마다 닭을 튀기고, 술을 팔고, 취객을 상대하는 일이 얼마나 힘들었을지 안 봐도 눈에 선했다. 하지만 그땐 나 혼자서는 도저히 감당할 수 없는 상황이었다.

다리(leg) 잃은 내가
희망의 다리(bridge)가 되려는 이유

그러던 어느 날, 기쁜 소식이 찾아왔다. 아내가 아이를 가진 것이다.

"이제 진짜 가정을 꾸려가는구나."

하지만 기쁨도 잠시, 나는 아내에게 무조건 안정을 취하라고 했지만, 그녀는 나에게 모든 것을 맡길 수 없다며 계속 가게에 나왔다. 아르바이트를 쓰려고 했지만, 장사가 잘 안돼 형편이 따라주지 않았다.

그렇게 임신 4개월째 되던 날, 아내는 결국 아이를 유산했다. 내 마음도 찢어졌지만, 아내의 상실감과 충격은 말로 표현할 수 없을 정도였다. 이후 아내는 깊은 우울증에 빠졌고, 우리는 서로를 붙잡으며 겨우겨우 하루하루를 버텼다. 그럼에도 가게 문은 닫을 수 없었다. 생계가 달려 있었기 때문이다.

장사를 시작한 지 2년이 흘렀다. 버티며 기다렸던 가게 주변 개발은 감감무소식이었고, 외상은 늘어만 갔다. 매출은 줄고, 손님도 줄었다. 이제는 나 자신도 지쳐갔다. 그렇게 우리는 결국 가게를 접기로 결심했다.

돈은 벌지 못했지만, 2년 동안 한 번도 가게 월세를 밀리지 않았다는 사실이 유일한 자랑거리였다. '어른 말씀은 괜

히 있는 게 아니구나.'

그제야 부모님 말씀의 무게가 가슴에 와닿았다.

그러던 어느 날, 유산 후 오랫동안 아이 생각을 하지 않던 아내가, 길을 걷다 어린아이를 보고는 말없이 눈물을 훔쳤다. 그 순간 나는 느꼈다. 우리 부부에게 아이가 다시 필요하다는 것을.

그렇게 아내는 다시 한번 용기를 냈고, 얼마 지나지 않아, 아내가 다시 아이를 가졌다는 기쁜 말을 듣게 되었다. 세상을 다 가진 것 같이 기분이 좋았다. 그것은 마치 하나님이 주신 선물 같았다. 가게를 접고 나서야 비로소 얻은 우리 첫 아이. 예쁘고 밝게 자라라고 이름을 소연이로 지었다. 민수네 치킨집은 사라졌지만, 대신 소중한 첫 아이 소연이를 얻었다.

4
외국계 보험회사
입사

　치킨집을 정리하고 나니, 하루라도 빨리 취직해서 돈을 벌어야만 했다. 아내가 다시 임신했기 때문이다. 가장으로서 이제는 무조건 돈을 벌어야 했다.

　이번에도 지인의 소개로 외국계 생명보험회사에 입사했다. 보험영업 역시 쉽지 않은 일이었지만, 나는 어떤 일이든 가릴 상황이 아니었다. 가정을 책임져야 했기 때문이다.

　'MDRT.' 연봉 1억 원 이상을 버는 사람들의 모임. 그곳의 회원이 되겠다는 강한 열정과 목표를 품고 매일 아침 교육을 받고, 거리로 나가 영업을 했다. 보험의 필요성과 중요성을 설명하고, 고객의 삶에 맞는 상품을 제안했다.

나는 억지로 밀어붙이는 식의 보험 판매가 아니라, 고객의 상황과 재정 수준을 먼저 이해하고, 그에 맞춘 설계를 하려고 노력했다. 형편이 넉넉한 고객에게는 자산 보호를 위한 보험을, 넉넉하지 않은 고객에게는 갑작스럽게 닥칠 질병이나 재해에 대비한 보장성 상품을 설계해주었다.

나는 생각했다.
'보험은 생활이 넉넉한 사람보다 하루 벌어 하루 사는 사람들에게 더 필요하다.'

그래서 무리하게 보험료가 높은 상품은 추천하지 않았다. 그런 상품은 오래 납입하지 못하면, 결국 해약하게 되고, 그 손해는 고스란히 고객에게 돌아가기 때문이다.

보험에 대해 제대로 이해하지 못하고 가입한 사람일수록, 그 후 보험 자체에 대한 인식까지 나빠질 수 있다. 그래서 더욱 '고객 맞춤형 설계'가 필요하다고 느꼈다. 그 신념은 지금까지도 내 안에 자리 잡고 있다.

어느 날, 영업처를 고민하다가 문득 중국집을 운영하는 친구가 떠올랐다. 계획했던 건 아니었지만, 마침 직장 동료들과 점심을 먹고 난 후라 자연스럽게 발길이 그리로 향했다.

'이럴 줄 알았으면 점심을 안 먹고 갈 것을….'

도착하니 오후 1시. 점심 피크타임이라 중국집은 정신없이 바빴다. 친구를 불러 영업하기가 민망해서, 그냥 짜장면 하나를 시켰다. 그런데 친구는 내가 왔다고 양을 곱빼기로 줬다. 배는 불렀지만, 그 성의를 무시할 수 없어 억지로 다 먹었다.

배가 터질 것 같았지만, 아무렇지 않은 척 다 먹고 한참을 기다린 끝에 조심스레 보험 이야기를 꺼냈다. 고마운 친구는 결국 보험에 가입해줬다.

그때는 정말 사람 한 명, 한 명이 소중했다. 월말이 되면 실적을 맞추기 위해 발에 땀이 나도록 뛰어다녔다. 성과가 부족하면 지점장의 날 선 잔소리를 들어야 했고, 월급도 그리 따뜻하지 않았다.

그렇게 1년쯤 지났을까. 드디어 기쁜 소식이 전해졌다. 아내가 진통을 시작했다는 것이다. 모든 것을 내려놓고 병원으로 달려갔다. 장모님을 모시고 병원에 도착했을 때는 이미 긴장감이 극에 달해 있었다.

예정일보다 며칠이 지나서 마음이 조급했기에, 산부인과

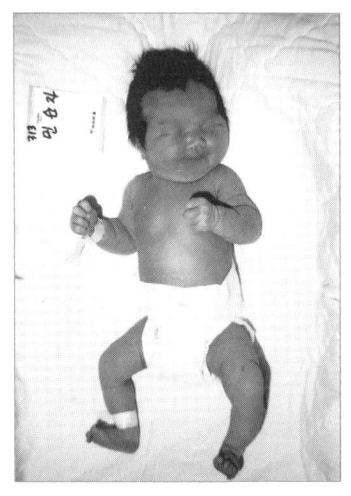

대기실에서 손을 꽉 잡고 아
내에게 말했다.
"잘 해낼 수 있을 거야."

아내는 자연분만을 원했
다. 1시간, 2시간, 5시간, 9
시간…. 시간이 흘러도 자궁
은 6cm밖에 열리지 않았다.
10cm는 되어야 분만이 가능
한데, 그 경계는 쉽게 넘기지 못했다. 무통 주사를 맞았지만,
아내는 계속 다리에 감각이 없다며 고통을 호소했다.

나는 점점 아내가 걱정되었고, 제왕절개를 권하고 싶어졌
다. 그러던 중 장모님이 한마디하셨다.
"내 딸을 죽일 셈인가?"

그 말에 정신이 번쩍 들었다. 바로 의사에게 제왕절개를 요
청했다. 그 순간, 아내의 두 눈에서 눈물이 흘렀다. 끝까지 자
연분만을 하고 싶어했는데 뜻대로 되지 않은 것에 대한 억울
함이었을 것이다.

하지만 수술이 끝나고, 아이가 무사히 태어났다는 소식을

다리(leg) 잃은 내가
희망의 다리(bridge)가 되려는 이유

듣는 순간, 그 모든 감정은 감격으로 바뀌었다.

"발가락 10개, 발가락 10개, 건강한 딸아이입니다!"

간호사의 말이 아직도 생생하다.

장애를 안고 살아온 나로서는 건강하게 태어난 아이가 그저 고마웠다. 무엇보다 아내가 무사해서 더더욱 감사했다. 수술을 마치고 회복실로 옮겨졌을 때, 아내가 힘없이 말했다.

"덥다…. 에어컨 좀 틀어줘."

출산 후에는 따뜻하게 있어야 한다고 들었기에 망설였지만, 결국 에어컨을 켰다. 차가운 바람이 나오자, 아내는 깊은 숨을 내쉬며 말했다.

"이제 살았다. 에어컨 안 틀었으면 나 죽었을 거야."

그렇게 우리 가족에게 새로운 생명이 찾아왔다.

내 딸, 소중한 첫아이.

기쁨은 이루 말로 표현할 수 없었다. 그러나 그 기쁨만큼,

가장으로서의 책임감도 더욱 무겁게 느껴졌다.

"이젠 더 벌어야 한다."

그 마음은, 출산실을 나오는 순간부터 내 어깨에 단단히 내려앉았다.

다리(leg) 잃은 내가
희망의 다리(bridge)가 되려는 이유

5

다리만은 자르지
말아주세요

MDRT 회원이 되겠다는 목표로 무더운 여름에도 쉬지 않고 보험 영업을 뛰던 어느 날, 평소와 다른 몸살 기운이 찾아왔다. 처음엔 단순한 감기인 줄 알았다. 하지만 몸이 오한에 휩싸였다가 갑자기 불덩이처럼 달아오르곤 했다. 몸살에 감기 증상이 더해지니 일도 할 수 없었다. 결국 2주 동안 앓으며 집에만 머물렀다.

결혼 전 수술받았던 골수염이 다시 문제였다. 수술한 지 5년이 지났지만, 무릎에서는 여전히 고름이 멈추지 않았다. 그날따라 유독 무릎이 뜨겁고 붉게 부어 있었다. 나는 한의원을 찾아가 간절하게 말했다.

"무릎에서 나오는 고름만 좀 멈추게 해주세요."

한약을 먹자 고름이 멎었다. 신기했다. 하지만 기쁨은 오래 가지 않았다. 이번에는 허벅지에 열이 오르고 피부가 한 겹 씩 벗겨지기 시작했다. 통증은 참을 수 없을 정도였다. 이러 다 죽을 것 같았다.

더 이상 버틸 수 없어 서울의 큰 병원을 찾았다. 하지만 특 진을 받으려면 2주를 기다려야 한다는 말뿐이었다. 그대로 집으로 돌아가면 정말 죽을 것 같았다. 그래서 수소문 끝에 경기도 광주에 있는 한 작은 병원을 찾았다.

의사는 진찰 후 이렇게 말했다.

"다리를 자르셔야 합니다."

5년 전에도 들었던 말이었다. 나는 고개를 저었다.

"싫습니다. 자르지 않고 치료할 수 있는 방법을 찾고 싶습 니다."

의사는 단호하게 말했다.

"당장 수술하지 않으면 패혈증으로 죽을 수도 있습니다. 자르시겠습니까, 죽으시겠습니까?"

결정의 시간이 다가왔다.

"수술하겠습니다. 제발, 다리만은 자르지 말아주세요."

볼품없고 쓸모없는 다리처럼 보일지 몰라도, 있는 것과 없

다리(leg) 잃은 내가
희망의 다리(bridge)가 되려는 이유

는 건 정말 달랐다. 결국 의사는 절단 대신 염증이 퍼진 허벅지 반을 도려내기로 했다. 급히 수술을 하게 되면서 전신마취 대신 국소마취를 선택해야 했다. 부작용은 악몽을 꾸는 것이었다. 수술대 위에서 나는 온몸을 떨었다.

마취과 과장님이 링거에 주사액을 넣으며 말했다.
"내 꿈 꿔!"
그 말이 끝나자마자, 나는 비명을 지르며 낭떠러지로 끝없이 떨어졌다. 그러다 액체가 되어 호두과자 틀 사이를 옮겨 다녔다. 악몽을 꾼 것이다.

정신을 차렸을 때, 다행히 내 다리는 그대로였다. 허벅지는 압박붕대로 감겨 있었고, 고통은 생각보다도 훨씬 더했다. 다행히 수술 후 아내와 넉 달 된 딸은 그날 근무하던 간호사가 우리 집 근처에 살아서, 집까지 바래다주었다고 했다. 알고 보니 그 간호사는 나의 중학교 동창 친구 와이프였다. 아내는 병문안 올 때마다 그 간호사와 함께 출퇴근하곤 했다. 정말 고마운 인연이었다.

수술 후 시작된 병원 생활은 통증 그 자체였다. 무엇보다 매일 아침의 드레싱이 가장 괴로웠다. 대형 거즈 200장을 떼어낸 후 소독약을 쏟아붓고, 빨갛게 벗겨진 다리에 투명 튜

브를 꽂아 고름을 뽑아냈다. 속살을 살짝만 건드려도 10만 볼트의 전기가 흐르듯 날카로운 고통이 밀려왔다. 나는 비명을 지르며 하루하루를 견뎠다.

어느 날 아침, 평소처럼 드레싱을 받던 도중 너무 너무 아파 고개가 뒤로 젖혀졌다. 문틈 사이로 아내가 아이를 등에 업고 나를 지켜보고 있었다. 순간 나도 모르게 소리쳤다.
"저리 가!"

고통스러워하는 내 모습을 보여주고 싶지 않았다. 그러나 그 장면을 본 딸아이는 종일 울었다고 한다. 갓난아이였지만 아빠의 고통을 느낀 걸까, 아니면 내 비명에 놀란 걸까. 내 고통은 이제 나만의 것이 아니라, 가족 모두의 것이 되어 있었다.

"이 또한 지나가리라."
오늘보다 내일은 덜 아플 거라고 믿으며 하루하루를 버텼다.

나는 당시 장애인 역도 선수였고, 곧 전국체전이 열릴 예정이었다. 고통 속에서도 운동에 대한 열정만은 버릴 수 없어, 틈틈이 재활치료실에서 웨이트 트레이닝을 하면서 병원 생활을 했다.

다리(leg) 잃은 내가
희망의 다리(bridge)가 되려는 이유

수술 후에 한 달이 지났을 무렵, 퇴원을 기대하고 있었지만, 의사 선생님의 말은 내게 또 한 번의 절망을 안겨주었다.

"환부 속에 피고름이 계속 차고 있습니다. 다리, 자르셔야 할 것 같습니다."

절망이었다.

"조금만… 시간을 주세요."

하루만 집에 다녀오겠다고 했다. 아내와 상의하고 싶었다.

우리는 생각했다. 다리를 자르든, 자르지 않든 나는 이미 장애인이 맞다. 그런데 만약 의족을 착용하게 되면, 딸아이가 자라서 친구들한테 너희 아빠 절름발이라고 놀림은 받지 않겠지…. 그렇게 긍정적으로 결론을 내렸다.

"다리를 자르겠습니다. 대신 수술 날짜는 전국체전 다음 날로 해주세요."

전국체전은 나에게 너무도 중요한 무대였다. 의사 선생님도 웃으며 응원해주었다.

"잘 다녀오세요. 운동에 대한 열정이 정말 대단하시네요."

전국체전에서 오랜만에 만난 선후배들과 반가운 인사를 나눴다. 그중 어릴 때 양쪽 다리를 절단하고 휠체어를 탄 여자 후배도 있었다. 나는 무심코 위로받고 싶어서 말을 걸었다.

"선호야, 나 내일 다리 절단해."

그녀가 웃으며 말했다.

"오빠, 다리 절단하고 의족 끼면 되겠네. 목발 없이도 다닐 수 있고, 겉으로 보기에는 더 괜찮아 보이겠는데!"

그 순간, 나는 너무 부끄러웠다. 지금도 허벅지까지 양쪽 다리를 절단하고 의족을 끼지 못한 채 휠체어에 의지해 살아가는 그 후배에게 나는 도대체 무슨 말을 한 것일까. 생각 없이 던진 내 말이 너무 민망했다.

전국체전을 마친 다음 날, 나는 다시 수술대에 올랐다. 그리고 결국, 다리를 절단했다.

다리(leg) 잃은 내가
희망의 다리(bridge)가 되려는 이유

6
통증과 싸우며
재활에 전념하다

다리를 절단한 후 하루가 어떻게 흘렀는지 잘 기억나지 않는다. 자다 깨기를 반복하며 하루가 흘러갔다. 비몽사몽한 상태에서 익숙한 목소리가 들려왔다. 장모님이 병문안을 오신 것이었다. 그리고 울고 계셨다.

또 시간이 지나 정신이 들 무렵엔 어머니가 오셨다. 역시 우셨다. 사촌 동생들, 형, 누나까지 모두가 울고 있었다.

아내가 나중에 들려주었다. 수술 직후 마취에서 덜 깬 내가 잘린 다리를 움켜쥐며 소리쳤다고 한다.
"내 다리 내놔! 내 다리! 내놓으라고!"
그 모습을 보고 온 가족이 함께 울었다고 했다.

이틀째 되자 진통제 투여량이 줄면서 정신은 조금 돌아왔지만, 참을 수 없는 고통이 밀려왔다. 생전 처음 겪는, 말로 다 표현할 수 없는 통증이었다. 진통제를 맞아도 효과가 거의 없었다. 3시간에 한 번 맞아야 했는데, 그 3시간이 너무 길었다.

주사를 맞은 지 10분도 채 되지 않아 나는 링거줄, 피통, 소변통을 매단 채 휠체어에 몸을 실었다. 성한 한쪽 다리로 휠체어를 밀면서 간호사실로 향했다.
"제발… 진통 주사 좀 놔주세요…."
나의 절규는 공허하게 병원 복도에 울려 퍼졌을 뿐, 다시 주사를 맞을 수는 없었다.

그렇게 하루, 이틀, 사흘을 담배로 버티며 통증과 싸웠다. 방법은 단 하나, 이겨내는 것뿐이었다.
'이 고통도 시간이 지나면 나아지겠지. 오늘보다 내일은 덜 아프겠지.'
스스로를 독하게 다잡으며 2주를 버텼다.

2주가 지나자 또 다른 통증이 찾아왔다. 잠을 자려고 하면 다리가 터질 듯했다. 절단 부위가 철사로 꽁꽁 묶인 듯했고, 잘린 다리를 좌우로 조금만 움직여도 마치 다리 전체를 다시 자르는 듯한 고통이 찾아왔다. 나는 양손으로 절단 부위를 감

다리(leg) 잃은 내가
희망의 다리(bridge)가 되려는 이유

싸 쥔 채 비명을 지르며 잠에서 깨어났다.

3인실 병실에서 나 혼자 고통스러워하는 게 민망하고 미안해서 잠드는 것을 피했다. 밤에는 거의 잠을 이루지 못했고, 낮에는 지쳐서 30분, 길어야 1시간 정도 선잠을 자는 게 전부였다.

"왜 이런 통증이 계속됩니까?"
의사에게 묻자, 절단 후 남은 신경을 한데 묶어놓았기 때문이라고 했다.

나는 퇴원을 미뤄야 했다. 이 상태로 집에 돌아가면 가족들이 고통스러워하는 내 모습을 볼 테고, 그 모습이 가족들에게 또 다른 고통이 될 것 같았다.

하지만 병원에 계속 있을 수도 없었다. 2주 후, 통증은 여전히 남아 있었지만 나는 퇴원했다. 집에서도 통증은 밤낮없이 찾아왔다. 하지만 소리를 낼 수는 없었다. 돌도 지나지 않은 딸 소연이가 있었기 때문이다.

아무것도 할 수 없는 상태로 통증과 싸우며 6개월을 지냈다. 마음은 이미 사회 현장에 있었지만, 몸이 따라주지 않았다. 의족은 절단 후 6개월이 지나야 착용할 수 있기 때문에, 나는 그저 시간이 빨리 흐르기만을 기다렸다.

드디어 6개월. 지인들의 도움과 후원으로 한 달간 입원하며 의족을 착용하고 걷는 훈련을 받게 되었다. 내 머릿속에는 오직 한 가지 생각뿐이었다.

'하루라도 빨리 직장에 나가야 한다. 가족을 먹여 살려야 한다.'

하루 8시간씩 걷는 연습을 했다. 의족이 닿는 허벅지엔 물집이 잡히고, 허물이 벗겨졌다. 그래도 멈출 수 없었다.

재활 훈련을 마친 후 일을 구하려 했지만, 장애가 있는 내게 세상은 차가웠다. 게다가 의족에 적응한 시간이 짧아 오래 서 있거나 걷기조차 쉽지 않았다.

그래도 나는 포기하지 않았다. 아직 끝난 것이 아니었다. 이제부터가 시작이었다.

다리(leg) 잃은 내가
희망의 다리(bridge)가 되려는 이유

7
생계와 운동
사이

    지인의 소개로 대형 스피커를 제조하는 회사에 입사하게 되었다. 소기업이었지만, 사장님은 젊고 패기가 넘쳤다. 무엇보다 운동을 좋아하셔서 나를 더욱 반겨주셨다. 점심시간마다 우리는 족구를 했고, 승부욕이 강한 사람들이라 경기에 몰입하다 보면 점심시간이 훌쩍 지나가기도 했다.

    일과 운동을 꾸준히 병행하는 것은 쉽지 않았다. 나의 사정을 잘 아신 사장님은 어느 날 중고 헬스 기구를 100만 원어치나 사주셨다. 거짓말 조금 보태서 헬스장을 차릴 만큼 기구가 많았다. 덕분에 퇴근 후 회사에서 웨이트 트레이닝을 할 수 있었다. 정말 감사한 일이었다.

내가 맡은 일은 생산과 개발이었지만, 멀티플레이어가 되어야 했다. 스피커 도장(후끼), 용접, 심지어는 사무실 증축 공사까지 직접 했다. 육체적으로는 고됐지만, 일이 있다는 것, 누군가에게 도움이 된다는 사실이 내게는 큰 보람이었다.

운동도 놓지 않았다. 역도와 파라 아이스하키를 계속 이어갔다.

'일하는 시간이 곧 쉬는 시간이고, 쉬는 시간은 운동하는 시간이다.'

그 각오로 점심시간, 쉬는 시간, 퇴근 후까지 시간을 쪼개 운동을 했다.

창고 한쪽에 있던 물건들을 밀어내고, 직접 만든 인라인 썰매를 타고 60평 창고 안을 100바퀴씩 돌았다. 나무 퍽을 이용해 슈팅, 드리블, 백슛 연습도 꾸준히 했다.

어느 날 퇴근길에 개통되지 않은 포장도로를 발견했다.

'여기서 연습하면 더 좋겠는데.'

창고보다 훨씬 넓고 쾌적했다.

나는 가로등 불빛 하나에 의지한 채, 밤마다 인라인 썰매를 들고 나가 야간 훈련을 했다. 몇 달이 지나 도로가 개통되었고, 어느 날 대낮에 그 길을 지나다 소름이 끼쳤다. 도로 양옆으로 펼쳐진 곳은 다름 아닌 공동묘지였다.

그제야 퍼뜩 떠올랐다.
'그래서 밤에 포장도로를 썰매 타고 달릴 때 등골이 오싹했구나…'
그 사실을 미리 알았다면, 절대 그곳에서 훈련하지 못했을 것이다. 하지만 나는 몰랐기에, 두려움보다 열정이 앞섰다. 정말… 대단한 열정이었다.

그러나 현실은 차갑고 냉정했다. 장애를 가진 채 일과 운동을 병행한다는 건 경제적으로나 체력적으로 큰 부담이었다.

생활고는 생각보다 심각했다. 문제는 액수의 많고 적음이 아니라, 월급 자체가 제때 들어오지 않는 것이었다. 월급날을 기준으로 카드 결제일, 공과금 납부일을 맞춰놨는데, 일주일씩, 때로는 2주일씩 밀리면 모든 계획이 꼬였다. 월급이 적으면 없는 대로 살면 된다. 하지만 그마저도 제때 들어오지 않으니 연체가 쌓이고 또 쌓였다.

한 번은 단돈 3,000원이 없어서 아이 분유를 사지 못했다. 아내는 참다가 결국 울음을 터뜨렸다.

"분유 살 돈도 없어서 어떻게 해… 어떡해…."

펑펑 울던 아내의 얼굴을 본 순간, 나도 함께 울었다. 모유는 나오지 않았고, 주위에 손 벌릴 곳도 없었다.

그 순간 나는 철저히 무너졌다. 운동에 미쳐서, 가족에게 기본적인 생활도 해주지 못했다는 자책. 그 죄책감이 너무 컸다. 미안하고, 또 미안했다.

그래도 나는 멈출 수 없었다. 하루하루를 버텼다. 그저 버티는 것 외에는 방법이 없었다.

다리(leg) 잃은 내가
희망의 다리(bridge)가 되려는 이유

4장

장애인 스포츠에
도전하다

1

첫 번째로 만난 장애인 스포츠, 역도

스무 살 무렵부터 웨이트 트레이닝을 시작했다. 운동은 내 삶의 일부였다. 일이 끝나면 운동, 운동이 끝나면 다시 일. 늘 비장애인들과 함께 즐거움으로 몸을 만들었다.

스물일곱 살이 되던 해, 처음으로 장애인 스포츠에 관심을 가지게 되었다. 그 시작은 바로 장애인 역도였다. 장애인 역도는 비장애인의 파워리프팅과 동일한 종목이다.

웨이트는 이미 7년째 꾸준히 하고 있었고, 100kg 정도는 들 수 있었기 때문에 '나도 하면 1등 하겠지'라는 자신감이 있었다.

수소문 끝에, 국가대표 장애인 역도 감독님과 연결이 되었다. 감독님은 나를 정말 반갑게 맞아주셨다. 서울 모래내시장 안, 작고 허름하지만, 비장애인도 함께 훈련하는 장애인 역도 전용 헬스클럽이 있었다.

감독님은 내게 조용히 물으셨다.
"몇 kg이나 들어?"
나는 어깨에 힘을 주며 자신 있게 말했다.
"100kg이요. 한 개 가능합니다."
감독님은 말없이 웃기만 하셨다.

뭔가 묘한 기분이 들었다. 다른 선수들은 없냐고 묻자, "1996년 애틀랜타 패럴림픽 끝나고, 다들 휴가 중이야" 하고 웃으셨다.

6개월 후, 역도 선배들을 실제로 처음 보게 되었다. 나는 말문이 막혔다. 덩치도 엄청났지만, 실력은 더 엄청났다. 체급별 금메달리스트가 무려 4명. 그중에는 패럴림픽 4관왕, 2관왕도 있었다.

그제야 알았다. 한국이 장애인 역도 강국이라는 사실을. 기록은 상상을 초월했다. 비장애인들도 감히 넘보지 못할 수

다리(leg) 잃은 내가
희망의 다리(bridge)가 되려는 이유

준이었다.

그 형님들이 내게 웃으며 물었다.

"몇 살이냐?"

"몇 kg 드냐?"

그리고 한마디하셨다.

"살 좀 쪄라, 나무젓가락아!"

그때 내 키는 180cm, 몸무게는 겨우 58kg이었다. 감독님
이 처음 나를 보고 웃었던 이유를 그제야 이해할 수 있었다.
사실, 나는 장애인 역도를 다소 얕잡아보고 있었다. 그게 얼
마나 부끄러운 일이었는지, 그날 선배들의 훈련을 보고 깊이
반성하게 되었다.

하지만 부끄러움을 딛고 나는 그날부터 장애인 체육에 정식으로 입문하게 되었다. 역도를 시작으로, 휠체어농구와 조정도 함께 경험했다. 당시는 장애인 스포츠가 체계적으로 자리 잡기 전이라 다양한 종목을 비교적 쉽게 접할 수 있었다.

나의 운동 인생 2막이 그렇게 열렸다.

다리(leg) 잃은 내가
희망의 다리(bridge)가 되려는 이유

2
서른 살의 새로운 도전,
장애인 아이스하키

서른 살.

또 하나의 운명적인 장애인 스포츠를 만나게 되었다. 바로 썰매 하키, 정식 명칭은 파라 아이스하키다.

파라 아이스하키는 하반신이 마비되거나 하지 절단 및 지체장애인들이 즐길 수 있도록 양날이 달린 썰매에 앉아 스틱으로 얼음을 지치며 경기를 치르는, 장애인들을 위한 아이스하키다.

2017년, 이름이 '썰매 하키'에서 '파라 아이스하키'로 바뀌었다. 이 종목은 내가 다리를 절단한 지 6개월이 되었을 무렵, 운명처럼 내 앞에 나타났다.

나에게 권유한 이는 휠체어 농구팀의 이성근 감독님이었다. 감독님은 원래 연세대학교 아이스하키 선수였다. 하지만 대학 시절, 강한 보디체킹을 당해 허리 신경이 끊어지는 큰 부상을 입었다. 그 이후 척수장애인이 되셨고, 재활 후 휠체어 사업을 시작하셨다.

그리고 2000년도 11월에 일본을 통해 한국 최초로 장애인 아이스하키를 도입하셨다. 일본에서 들여온 중고 썰매 1대를 시작으로 휠체어 농구 선수들과 역도 선수들 8명이 모여 팀이 꾸려졌다.감독 1명, 코치 2명이 함께했고, 창단팀 이름은 '연세 이글스' 팀이었다.

나는 창단 멤버로, 대한민국 1세대 장애인 아이스하키 선수가 되었다. 그때 나의 나이는 서른 살, 2000년 11월이었다.

역도와 파라 아이스하키를 하게 되었지만, 당연히 직장을 그만둘 순 없었다. 평일 낮에는 일, 저녁에는 역도, 주말에는 아이스하키. 운동에만 전념하고 싶었지만, 가장으로서 가정을 책임져야 했기 때문에 그럴 수 없었다.

다리(leg) 잃은 내가
희망의 다리(bridge)가 되려는 이유

그러던 어느 날, 안타까운 일이 벌어졌다. 창단한 지 석 달 만에 갑자기 이성근 감독님이 혈액암으로 돌아가신 것이다.

충격이었다. 코치들과 선수들 모두 슬픔에 빠졌다. 팀은 해체 위기에 놓였고, 예산도 바닥났다. 그 시절, 정부는 장애인 스포츠를 '엘리트 스포츠'보다는 '재활 스포츠'로만 인정했다. 대한장애인체육회는 보건복지부 산하에 있었고, 예산은 늘 한없이 부족했다.

하지만 코치님들이 끝까지 포기하지 않으셨다. 그 결단 하나로 팀은 간신히 유지되었다. 기쁨도 잠시, 빙상장 대관 문제가 발목을 잡았다. 우리는 자체적으로 예산이 없었기 때문에 비장애인 클럽의 도움으로 함께 합동으로 훈련했고, 겨우 대관이 되어도 평일 밤 11시, 새벽 1시에 훈련해야 했다.

훈련이 끝나면 새벽. 집에 가서 씻고, 아침엔 다시 출근. 몸은 지치지만, 운동이 좋고, 재미있었기에 끝까지 한 것 같다. 그 무렵, 국가대표팀은 숙박비를 아끼기 위해 링크장 라커룸을 개조해 숙박을 해결하며 합숙을 했다. 하루하루가 도전의 연속이었다.

팀 창단 1년 후, 드디어 첫 국제경기 기회가 찾아왔다. 일본 초청 친선경기였다. 나는 처음으로 비행기를 타고 해외로 나갔다.

경기 전, 협회 부회장님이 "골 하나 넣으면 상금 100만 원!"하고 우리를 격려했다. 1년 넘게 훈련했으니 이기지는 못해도, 한 골은 넣을 수 있겠지 싶었다.

하지만 결과는 충격이었다. 0대 13 대패였다. 힘이 빠지고 망연자실했다. 일본 선수들은 너무 빨랐고, 우리의 퍽은 떠오르지도 못했지만, 그들의 퍽은 하늘에서 춤을 췄다.

하지만 나는 배웠다. 패배는 곧 배움의 시작이었다.

그들의 썰매, 스틱, 경기 운영 방식, 장비 하나하나가 경기력에 얼마나 큰 영향을 주는지 깨닫게 되었다. 1998년 나가노 패럴림픽 4위였던 일본. 그들의 장비는 확실히 달랐다.

그래서 우리는 그들을 롤모델 삼아 훈련하고 썰매를 세팅했다. 반복되는 친선경기 속에서 우리는 점점 강해졌다. 0-8, 0-5… 점점 점수 차가 줄어들었다.

그리고 마침내, 2005년, 2006년 토리노 패럴림픽 출전권

다리(leg) 잃은 내가
희망의 다리(bridge)가 되려는 이유

을 두고 운명의 한·일전이 열렸다. 아시아에 단 한 장만 주어지는 출전권. 나는 당시 주장이었다. 이기고 싶었다. 정말 간절했다. 하지만 결과는 0대 3 패배. 모두 심장이 터질 듯 뛰었지만, 아쉽게도 꿈은 다음 기회로 미뤄야 했다.

경기 후, 양 팀은 기념사진을 찍었다. "김치~"를 외치며 웃었지만, 내 눈에는 뜨거운 눈물이 흘렀다. 패배를 인정하기 싫은 억울함의 눈물이었다.

그 순간, 다짐했다.
다음에는 꼭 이기자. 반드시 이기자.

그로부터 2년. 2006년, 드디어 기쁜 소식이 날아들었다. 강원도청에서 최초로 장애인 아이스하키 실업팀을 창단한다는 것이다. 동계올림픽과 패럴림픽 유치 움직임 속에서 '장애인 아이스하키팀 하나쯤은 있어야 하지 않겠냐'라는 공감대가

생겼고, 지방자치단체인 강원
도청이 창단에 나선 것이다.

그 소식은 우리에게 운동만
해도 월급을 받을 수 있는 기
회를 의미했다. 내 나이 36세, 그렇게 늦은 나이에야 처음으
로 실업팀 선수로서 운동만으로 생계를 유지할 수 있게 되
었다.

꿈같은 현실이었다. 그리고 장애인 아이스하키 인생 2막이
그렇게 시작되었다.

3

실력이 일취월장,
첫 패럴림픽 출전의 영광

강원도청 팀에는 저마다 사연을 안고 있는 선수들이 모여 있었다. 프로야구 선수를 꿈꾸다 의료사고로 장애를 입은 선수, 오토바이 사고로 하반신이 마비된 선수, 과거에 주먹 좀 쓰던 선수, 패러글라이딩하다가 기절해 추락한 선수, 고등학교 시절 이종격투기를 못 하게 반대하신 부모님께 반발해 3층에서 뛰어내렸다가 두 다리를 잃은 선수도 있었다. 어떤 이는 군 복무 중 장갑차에 깔려 양다리를 절단하기도 했다. 대부분은 교통사고나 재해, 질병으로 장애를 얻게 된 이들이었다.

어떤 선수는 장애를 입은 후 10년 가까이 사람을 만나지 않고 세상과 단절된 채 살았다고 한다. 그런 이들이 다시 세상으로 나오려면 엄청난 용기가 필요하다. 무엇보다 자신이 장애인이라는 사실을 받아들이는 게 먼저다. 하지만 그건 말처럼 쉽지 않다. 그 벽을 넘는 데 운동이 결정적인 계기가 되었다.

장애를 입은 후 처음에는 재활을 하다가 생활체육으로 넘어간다. 그리고 자신감을 회복해가며 엘리트 스포츠에 도전할지, 아니면 새로운 직업을 가질지를 선택하게 된다.

그렇게 운동은 이들의 삶에 등불이 되었다. 처음에는 아무것도 할 수 없을 것 같았지만, 한 계단씩 세상을 향해 나아가는 방법을 터득해갔다. 그래서 더 치열하게, 악에 받친 듯이 운동에 매달릴 수밖에 없었다.

강원도청 소속으로 파라 아이스하키를 하면서 하계 장애인 전국체전이 열리면 다른 종목 메달까지 싹쓸이했다. 이유는 단순했다. 강원도청은 다양한 종목의 에이스들을 스카우트했기 때문이다. 농구, 휠체어 펜싱, 휠체어 럭비, 역도, 조정 등 다양한 종목의 선수 출신들이다. 나 역시 역도 대회에서 메달을 따며 늘 상위권을 유지했다.

무엇보다 좋았던 건, 이제 다른 일과 병행하지 않고도 운동에만 전념할 수 있었다는 점이다. 강원도청 팀의 창단은 단순한 팀의 시작이 아니라, 장애인 스포츠가 한 단계 도약할 수 있는 발판이었다.

강원도청의 지원 아래 팀은 빠르게 성장했다. 팀 창단 1년 만에 일본의 클럽팀들을 하나둘 꺾기 시작했고, 마침내 2008년 미국 보스턴에서 열린 B-풀 세계선수권 대회에서 5전 전승으로 금메달을 거머쥐며 A-풀로 승격했다.

당시 보스턴에는 약 3만 명의 한인 동포가 살고 있었는데, 매 경기마다 100명이 넘는 응원단이 찾아왔다. 어떤 분들은 직접 호텔로 찾아와 짜장면과 짬뽕을 만들어주기도 했다.

우승 후에는 한인 교회로 초대되어 만찬을 즐겼다. 그 자리에서 연로하신 한 할머니께서 내 손에 1,000달러를 쥐여주시며 이렇게 말씀하셨다.

"내가 이민 와서 30년을 살았는데, 애국가를 거의 들어본 적이 없어요. 그런데 이 대회 기간 동안 애국가를 다섯 번이나 들었어요. 정말 고맙습니다. 여러분이 진정한 대한민국의 애국자입니다."

그 말을 듣는 순간, 가슴이 뭉클해졌다. 눈시울이 붉어진 나는 이렇게 답했다.

"저희가 우승할 수 있었던 건, 매 경기마다 와서 목 놓아 응원해주신 어르신 덕분입니다. 타국에서 힘겹게 살아오신 여러분의 잡초 같은 근성과 불굴의 정신이야말로 진정한 애국입니다."

그 자리에 있던 모든 사람들의 눈에 눈물이 고였다. 우리는 같은 나라, 같은 마음을 가진 사람들이었다. 낯선 타국에서 느낀 따뜻한 동포애. 그 순간, 애국심이 내 안에서 뜨겁게 타올랐다.

그로부터 2년 뒤, 마침내 대한민국 장애인 아이스하키팀은 2010년 캐나다 밴쿠버 동계 패럴림픽에 첫 출전하게 되었다. 비록 6위라는 성적을 거뒀지만, 그것은 대한민국 파라 아이스하키 역사에 길이 남을 첫걸음이었다.

나는 대한민국 선수단의 기수를 맡으며 패럴림픽 무대를 당당히 걸었다. 한 · 일전에서 오른손 엄지손가락을 심하게 다쳐 최선을 다하지 못한 아쉬움도 있었지만, 그 순간의 영광은 평생 잊을 수 없었다.

다리(leg) 잃은 내가
희망의 다리(bridge)가 되려는 이유

그리고 4년 후, 2014년 소치 패럴림픽에도 출전하게 되었다. 그 여정은 놀라움의 연속이었다. 이탈리아 토리노에서 열린 최종 예선에서 일본, 스웨덴, 독일, 영국을 모두 꺾고 5전 전승으로 당당히 본선 진출권을 따냈다.

그 경기력에 세계가 놀랐다. 캐나다 대표팀 주장 그렉 웨스트레이크(Greg Westlake)는 이렇게 말했다.

"한국은 불과 10년 전 슬레지 하키를 처음 시작한 팀이다. 밴쿠버 때만 해도 우리가 큰 점수 차로 이겼는데, 지금은 전혀 다르다. 한국은 모든 대회에 성실히 참가하며 꾸준히 실력을 키워왔다. 나는 그들의 노력을 존경한다. 이제 한국은 완전히 경쟁력 있는 팀이 되었다."

그의 말처럼, 우리는 가능성을 증명했고, 성장했고, 결국 이뤄냈다.

4

소치 패럴림픽, 러시아전의 환희와
메달 획득 실패의 좌절

2014년 소치 패럴림픽, 나는 어느덧 마흔다섯 살이 되어 있었다. 주변에서는 이번 대회를 끝으로 은퇴를 고려해보라는 조언이 많았다. 나도 마음 한편으로는 그럴 생각도 있었다. 하지만 아직은 때가 아니라고 믿었다. 오직 패럴림픽에만 집중하기로 마음을 다잡았다. 그리고 내심 메달을 기대했다.

첫 경기는 홈팀 러시아와의 대결이었다. 세계 최강팀 중 하나인 러시아, 게다가 푸틴 대통령이 직접 경기를 관전하고 있었고, 경기장은 러시아 팬들의 열광적인 응원으로 들끓었다. 우리는 경기 초반 당황해 두 골을 먼저 내주며 흔들렸다. 하지만 그때, 반격의 기회가 왔다. 그 반격의 불씨를 내가 지폈다.

2피리어드 종료 직전, 멀리서 시원하게 쏜 슛이 그대로 러시아 골망을 흔들었다. 이어 3피리어드가 시작되자 후배 선수가 추가 골을 넣으며 2-2 동점을 만들었고, 경기는 연장전으로 돌입했다. 그러나 끝내 승부가 나지 않아, 결국 승부치기로 이어졌다.

세 명의 슈터가 나서고도 승부가 가려지지 않자, 양 팀은 다시 슈터를 정해 슛을 이어가기로 했다. 그런데 러시아는 드미트리 리소프 선수를 두 차례나 내세웠다. 우리는 같은 방식으로 조영재 선수를 다시 투입하려 했지만, 심판이 이를 제지했다. 납득하기 어려운 판정이었다. 결국 마지막 슈터로 내가 나서게 되었다.

링크 중앙에 서서 나는 오른손 스틱을 높이 들고 관중석을 바라봤다. 붉은 물결 속에서 응원을 보내던 100명의 한국 관중들이 눈에 들어왔다. 그 순간, 내 마음속에는 두 가지 메시지가 번쩍였다. 하나는 "푸틴 대통령, 잘 보십시오. 제가 골을 넣어서 한국팀이 이깁니다."

그리고 또 하나는, "대한민국 국민 여러분, 걱정하지 마세요. 제가 꼭 골을 넣어서 이기겠습니다"였다.

이상하게도 그날은 유난히 자신감이 넘쳤다. 내가 가장 자신 있는 기술이 있었고, 그대로 쓰기로 했다. 하지만 출발하려는 찰나, 심판이 나를 멈춰 세웠다. 이미 출발 지점을 지나 있었음에도 심판은 출발 신호를 하지 않았다며 나를 다시 원점으로 돌려세웠다. 흐름이 끊긴 순간이었다.

그러나 나는 흔들리지 않았다. 다시 출발선에 선 나는 퍽을 드리블하며 골리의 움직임을 유도했다. 그리고 마지막 순간, 강력한 슛을 날렸다. 퍽은 그대로 러시아 골문 천장에 꽂혔다.

승부치기, 한국의 승리였다. 러시아를 그들의 홈에서 꺾은 역사적인 경기였다. 지금도 누군가 내게 최고의 순간이 언제였냐고 묻는다면, 단연 이 경기를 꼽는다. 애국가가 울려 퍼지고, 붉은 태극기가 올라갈 때의 감격은 말로 표현할 수 없다.

하지만 그 환희는 오래가지 못했다. 다음 날 우리는 미국에 패했고, 이어 이탈리아에게도 패하며 조별 예선 탈락이라는 아쉬운 결과를 맞이하게 되었다. 러시아를 꺾고 너무 일찍 축배를 들었던 걸까. 나도 모르게 마음이 들떠 있었고, 밤새 인터넷 기사 속 내 이름을 검색하며 설레는 마음에 잠을 이루지 못했다.

"해결사 한민수", "노장은 살아 있다!"

이런 기사 제목들이 나를 들뜨게 했다. 그러나 현실은 냉정했다. 이탈리아전 패배는 우리를 B풀로 다시 끌어내렸다. 선수들은 낙담했고, 나도 허탈했다. 은퇴를 생각했던 나는 결심했다.

'안 된다. 이렇게 끝낼 수 없다. 4년 뒤, 우리 땅에서 열리는 평창 패럴림픽에서 반드시 메달을 따자.'

나는 은퇴를 미뤘다. 대표팀 주장 자리도 내려놓고, 오직 운동에만 집중했다. 그렇게 2015년 B풀 세계선수권에서 5전 전승으로 다시 A풀로 올라섰다.

그리고 또 4년이 흘렀다. 어느 날, 대표팀 감독이 나를 따로 불렀다.

"이번이 마지막 패럴림픽이 될 테니 다시 주장을 맡아주세요."

처음에는 고사했지만, 다시 한번 더 제안했을 때 파라 아이스하키 1세대로서 책임감을 느꼈다. 나는 다시 주장을 맡았다. 어느새 내 나이는 마흔아홉 살이 되어 있었다.

다시 시작하려니 쉽지 않았다. 팀에는 나보다 젊고 뛰어난 동생들이 많았다. 나조차도 내가 여전히 주장으로 적합한지 의문이 들었다. 하지만 내가 할 수 있는 건 분명했다.

　중요한 것은 팀워크다. 결국 좋은 성적은 좋은 분위기에서 나온다. 나는 다시 팀을 하나로 묶기 위해 노력했다. 나이도, 성격도, 스타일도 제각각이었지만, 우리의 목표는 하나였다.

　메달. 이루지 못한 꿈, 간절함.
　그것을 위해 우리는 다시 땀을 흘리기 시작했다.

다리(leg) 잃은 내가
희망의 다리(bridge)가 되려는 이유

5

성화의 불꽃을 들다! 평창 패럴림픽 최종 성화 봉송 주자가 되어

평창 패럴림픽을 6개월 앞둔 어느 날, 믿기 어려운 소식이 전해졌다. 내가 성화 최종 점화자 후보로 올랐다는 것이다. 마지막 무대를 준비하던 나에게 찾아온 뜻밖의 영예였다.

'내가 정말 그 성화의 불을 밝혀도 될까?'

파라 아이스하키 1세대이자, 긴 세월을 뛰어온 내게 주어진 기회였다. 당시 제작단장의 추천으로 나는 20명의 후보 중 1명으로 이름을 올렸다. 몇 개월 뒤, 최종 후보 3명 안에 내가 포함되었다는 이야기를 들었을 때, 가슴이 벅차올랐다. 말로 표현할 수 없는 감정이었다. 은퇴 무대에 이런 선물이 주어질 수도 있다니.

하지만 기대는 오래가지 않았다. 남북 단일팀 협상이 진전되면서 정치적 상징성이 큰 인물이 점화자가 될 가능성이 제기되었다. 게다가 성화 점화 리허설에서도 나는 불리한 입장이었다.

점화 장소는 경기장 꼭대기, 난간도 없는 계단 120개를 의족을 착용한 채 오르는 코스였다. 예상보다 시간이 오래 걸려 무려 4분 30초가 소요되었다. 나로서는 최선을 다했지만, 점화 타이밍이 중요한 개막식 연출상 나는 점화자에서 점점 멀어져가는 듯했다.

처음에는 기대했던 만큼 실망도 컸다. 하지만 곧 마음을 다잡았다.
"그래도 개막식 스타디움에 입장하는 여섯 명의 성화 주자 안에는 내가 포함될 수 있대."
스스로 위안을 삼았다. 그러면서도 혹시 모르니 하체 근력 운동을 게을리하지 않았다.

성화 점화는 계단 120개를 오르는 일이다. 그래서 나는 평창 숙소 6층을 오르내릴 때마다 엘리베이터 대신 계단을 택했다. 작은 희망 하나 붙잡고 그렇게 하루하루를 버텼다.

그리고 마침내, 패럴림픽 개막 일주일 전, 전화 한 통이 걸려왔다.

"한민수 선수, 성화 최종 봉송 주자로 선정되셨습니다."

내가 직접 성화를 점화하진 않지만, 최종 점화 직전의 주자. 성화를 이어받아 마지막 주자에게 전달하는 극적인 순간을 책임지는 자리였다.

성화 최종 점화자는 휠체어 컬링의 서순석 선수와 비장애인 컬링의 안경 선배 김은정 선수였다. 그 두 사람에게 성화를 넘기기 전에, 내가 그 불꽃을 등에 메고 가파른 경사로를 오르는 것이다.

리허설은 극비리에 진행되었다. 일반 훈련이 끝난 자정, 모든 조명이 꺼진 스타디움에서 나는 조용히 리허설을 시작했다. 처음 계획은 경기장 바닥에서부터 꼭대기까지 밧줄을 잡고 오르는 방식이었지만, 실제로 해보니 시간이 너무 오래 걸렸다. 결국 중간 지점에서 출발하는 쪽으로 계획이 바뀌었다.

하지만 패럴림픽 개막 이틀 전, 최종 리허설을 하러 다시 경기장을 찾았을 때, 눈이 너무 많이 내려 리허설은 무산되었다. 대신 우리는 함께 기념사진을 찍고 조용히 스타디움을 떠났다.

6
한민수,
세계의 이목을 받다

나는 그렇게 평창 패럴림픽 개막식 성화 최종 봉송 주자가 되었다. 말 그대로, 영광스러운 자리였다.

개막식 당일, 나는 이른 아침부터 스타디움에 도착했다. 리허설이 예정되어 있었지만, 뜻밖의 소식을 들었다.
"성화 봉송은 구두 설명만 합니다."

황당했다. 전날 폭설로 최종 리허설을 못 했지만, 개막 당일에는 현장에 너무 많은 사람들이 있어서 극비 유지가 어렵다는 이유였다. 결국 나는 리허설 한 번 없이, 말로만 설명을 듣고 공연에 임해야 했다.

내 동선은 이랬다. 3층 관중석에 앉아 있다가, 인이어로 신호가 오면 곧장 계단으로 이동해야 했다. 그 계단은, 정확히 80번째 계단이었다. 단 한 개의 계단만 펼쳐져 있는 것이다. 그리고 그 순간부터 나는 전 세계의 주목을 받게 된다.

드디어 귀에 착용한 인이어로 신호가 왔다.
"계단으로 이동하십시오."

나는 밧줄에 연결된 손잡이를 잡고 출발하려고 했지만, 락장치가 풀리지 않았다. 순간 당황했다. 락이 풀려야 손잡이 위치를 조절하며 움직일 수 있는데, 움직이지 않았다. 시간은 흘러가고 있었다.

나는 대퇴 절단 장애를 가지고 있어서, 밧줄 하나에 의지해 무릎으로 기어 옆으로 이동해야 했다. 이럴 때를 대비한 리허설이 없었기에 더 큰 공포가 밀려왔다.

"성화 봉송하다가 다치면 내일 한·일전은 어쩌지요?"
감독의 말이 떠올랐다.
"안 하면 안 돼요?"
머릿속은 복잡했다. 하지만 선택의 여지는 없었다.

겨우 계단 옆으로 기어서 도착했다. 이제 일어나서 차렷 자세를 취해야 하는데, 몸이 말을 듣지 않았다. 인이어에서는 제작진이 재촉했다.

"한민수 선수, 똑바로 일어나세요."

그러나 나는 이미 지쳐 있었다. 엉겁결에 계단에 주저앉고 말았다.

'왜 나는 똑바로 설 수 없는 거지?'

그제야 밧줄과 연결된 안전고리가 떠올랐다. 그 고리가 나의 움직임을 제한하고 있었던 것이다. 나는 빠르게 고리를 풀고, 다시 일어섰다.

그리고 정확히 그 순간, 경기장에 있는 120개의 계단이 밝은 빛으로 순차적으로 켜졌다. 성화가 도착한 것이다. 기적 같은 타이밍이었다. 성화가 단 몇 초만 빨랐어도 이 모든 연출이 망가질 뻔했다.

시각장애 알파인스키 선수 양재림과 그녀의 가이드 러너 고운소리 선수가 천천히 계단을 걸어 올라왔다. 그녀는 내 등에 성화봉을 꽂았다. 우리는 아무 일 없었다는 듯, 관중을 향해 손을 흔들었다.

다리(leg) 잃은 내가
희망의 다리(bridge)가 되려는 이유

나는 다시 조용히 안전고리를 걸었다. 계단이 사라지고 가파른 경사로가 만들어졌다. 이제 나의 임무가 시작됐다. 밧줄을 타고 경기장 가장 높은 꼭대기까지 성화를 옮기는 일이다. 관중의 환호도 들리지 않았다. 나는 오직 이 불꽃을 무사히 넘겨주는 데만 집중하고 있었다.

한 걸음, 또 한 걸음. 천천히 정상에 가까워졌다. 그리고 마지막 한 걸음을 남겨두고, 나는 5초간 멈췄다. 그 짧은 시간에 온갖 기억과 감정이 파도처럼 밀려왔다.

누구도 도와줄 수 없는 이 순간, 나는 스스로를 되돌아보고 있었다. 지금까지 나는 목표를 세우고 묵묵히 훈련을 견디며 여기까지 왔다. 나이는 많았지만, 체력만큼은 누구에게도 뒤처지고 싶지 않았다. 그 마음 하나로 웨이트를 게을리하지 않았고, 빙상 위에서 인터벌 훈련을 할 때마다 나 자신과의 싸움에 지지 않으려 애썼다.

그럴 때마다 속삭이는 또 다른 나의 목소리가 있었다.
"요령 피는 선수들도 있는데, 너도 적당히 좀 해."
하지만 나는 한 번도 스스로에게 관대하지 않았다. 항상 '조금만 더, 조금만 더' 하며 나를 몰아붙였다. 그리고 지금, 나는 그 모든 시간에 말하고 있었다.

다리(leg) 잃은 내가
희망의 다리(bridge)가 되려는 이유

"잘했다, 한민수."

그 5초는 나를 위한 작은 보상이었다. 그리고 마지막 발을 디디며, 나는 두 팔을 번쩍 들었다.

그 순간, 평창 스타디움의 꼭대기에 한민수가 있었다. 밧줄 하나에 의지해 올라온 이 남자를, 전 세계가 지켜보고 있었다. 울컥했다. 안전고리는 잠시 말썽을 부렸지만, 나는 무사히 임무를 마쳤다.

만감이 교차하는 그 순간, 관중들은 아낌없는 환호를 보냈다. 이 장면은 단연코, 평창 패럴림픽 개막식의 하이라이트였다.

회사에서 문전박대를 당해야 했던 청년, 다리를 잘라야 한다는 청천벽력 같은 진단에도 굴하지 않았던 사내, 쉰 살이 다 되어 이제는 전 세계가 주목하는 무대의 중심에 서 있었다.

그날 밤, 나는 성화를 등에 메고 가파른 경사로를 올라가며 이렇게 생각했다.

'나의 도전이 누군가에게는 희망의 불씨가 되길 바란다.'

그렇게 나는, 내 삶의 가장 뜨거운 순간을 조용히 불태웠다.

다리(leg) 잃은 내가
희망의 다리(bridge)가 되려는 이유

7
짜릿하고 멋진 승부와 대결

성화 봉송이 끝난 바로 다음 날, 우리는 일본과의 개막전을 치렀다. 나는 이 경기에서 골 욕심은 내려놓고, 수비에 집중했다. 첫 단추가 중요하다고 믿었기 때문이다.

비록 석 달 전, 나가노 컵에서 일본을 9대 0으로 이긴 적은 있었지만, 패럴림픽은 달랐다. 국가의 명예를 건 진검승부였다. 자만하지 않았다. 우리는 집중했고, 결과는 4대 1. 완벽한 승리였다.

성화는 성화고, 경기는 경기다. 나는 성화를 옮기러 패럴림픽에 온 것이 아니다. 진짜 임무는 지금부터였다.

경기 직후, 체육회 직원이 다가와 말했다.

"인터넷이 난리예요! 기사에 댓글이 수천 개예요!"

궁금했지만, 나는 검색하지 않았다. 소치 패럴림픽이 떠올랐기 때문이다. 그날의 패배, 그날의 쓰디쓴 교훈이 나를 붙잡았다. 세상의 박수에 우쭐대는 순간, 집중은 흐려진다. 나는 주목받기보다 땀 흘리는 선수로 남고 싶었다.

다음 날, 체코와의 경기가 열렸다. 연장전까지 가는 치열한 접전이었다. 그리고 그 순간이 왔다.

연장전 페이스오프. 심판이 퍽을 떨어뜨리는 순간, 우리 팀 선수가 그 퍽을 낚아채어 바로 나에게 넘겼다. 체코 선수가

다리(leg) 잃은 내가
희망의 다리(bridge)가 되려는 이유

순식간에 달려들었다. 나는 최종 수비수였다. 단 한 번의 실수로 게임이 끝날 수 있는 아찔한 상황이었다.

재빨리 보드 쪽으로 패스를 넘겼다. 공격수는 그대로 드리블, 그리고 드롭 패스, 다시 리턴 패스, 공은 다시 반대편으로 넘어가고, 슛!

골인!

연장전 시작을 알리는 페이스오프 이후 단 14초. 4명의 선수 손을 거쳐 만들어진 기적 같은 골든골이었다. 경기장을 가득 메운 함성이 나를 덮쳤다. 이것이야말로, 각본 없는 드라마였다. 아마 내 선수 인생 통틀어 가장 짜릿한 승부였을 것이다.

그다음 경기에서 우리는 미국에 패해 조 2위로 4강에 진출했다. 미국과 캐나다는 전통 강호였다. 그들의 대표팀에는 18살, 19살 유소년 때부터 체계적으로 성장한 젊은 선수들로 가득했다. 스케이팅, 퍽 스킬, 체력까지 흠잡을 데가 없었다.

그런 어린 선수들에게 경기 중 '퍽큐(F＊ You)' 같은 욕을 들을 때도 있었다. 하지만 그럴수록 우리는 더 악착같이 버텼다. 대한민국 7천 관중의 응원은 우리에게 든든한 힘이었다.

미국팀과의 경기에서 점수 차이는 크게 났지만, 우리는 마지막 10초까지 절대 포기하지 않았다. 그것이 국가대표의 책임이었다.

경기 후 인터뷰에서 나는 이렇게 말했다.
"국민 여러분의 관심과 응원은, 정말로 좋은 경기력을 만듭니다. 지난 평창 패럴림픽은 온 국민이 함께 만들어주신 무대였습니다. 이 자리를 빌려, 다시 한번 깊은 감사의 인사를 드립니다."

8

국가대표 마지막 경기,
그리고 눈물의 애국가

4강전에서 캐나다에 패배한 우리는, 동메달 결정전에서 이탈리아와 맞붙게 되었다.

4년 전 소치에서 이탈리아에게 당한 뼈아픈 패배. 이 경기는 그 응어리를 풀 수 있는 마지막 기회였다. 그리고 내게는, 18년 아이스하키 인생의 마지막 무대이기도 했다.

7천여 관중석이 가득 찼다. 티켓을 구하지 못해 발길을 돌리는 사람들도 많았다. 그동안 '무관심'이라는 단어 속에 살아왔던 우리에게는 처음 받아보는 큰 응원과 사랑이었다. 가슴이 먹먹해졌다.

나는 평창 패럴림픽을 진심으로 응원해준 김정숙 여사에

게 유니폼을 선물하고 싶었다. G-50일 행사부터 대회 기간까지 다섯 번이나 함께했던 여사였다. 경기 후보다는 마지막 경기 당일에 선물하고 싶었다.

내 유니폼은 아내를 거쳐, 무려 다섯 번의 검문을 통과하고 나서 김정숙 여사에게 전달되었다. 그리고 여사는 '68번 한민수'가 새겨진 유니폼을 입고 관중석에 앉아 계셨다. 너무나 영광스러운 순간이었다.

국가대표로서 마지막 경기를 대한민국, 안방에서 치른다. 그것만으로도 감격이었다. 문재인 대통령도 여사와 함께 경기장을 찾았다. 그리고 그들의 박수와 함께 경기는 시작되었다.

하지만 쉽지 않았다. 2피리어드가 끝나도록 0대0. 점점 불안이 몰려왔다. 라커룸에서, 우리는 짧지만 깊은 약속을 나눴다. "끝까지 서로 믿고 맡기자 그리고 끝나고 웃으면서 숙소로 돌아가자."

우리는 100명도 채 안 되는 장애인 아이스하키 선수 중 함께 땀을 흘려온 하나의 가족이었다. 믿음이 우리를 지탱했다. 그리고, 3피리어드 종료 3분 18초 전. 드디어 골이 터졌다. 동생들이 만들어낸 소중한 한 골. 경기장을 가득 메운 함성이 터져 나왔다.

나는 선수들에게 소리쳤다.

"눌러! 눌러!"

마음을 눌러라. 들뜨지 말고, 남은 시간을 침착하게 막아내자. 그렇게 서로를 다잡았다.

이탈리아는 거세게 밀어붙였다. 단 한 골이라도 실점하면 모든 게 무너질 수 있었다. 우리는 죽기 살기로 막아냈다.

그리고 10초 남기고 경기장은 하나가 되었다.

"10! 9! 8!··· 3! 2! 1!"

"와아아아아!"

동메달.

마침내, 우리가 해냈다.

그 순간, 나도 모르게 눈물이 쏟아졌다. 주위를 보니 나만이 아니었다. 덩치 큰 동생들조차 울고 있었다. 감독님을 비롯한 모든 스탭이 울었고, 관중석에서 응원한 가족과 대한민국 국민들도 함께 울었다.

18년 동안 하키를 하면서 이 순간을 위해 부상과 힘든 훈련을 이겨내고 묵묵히 이 자리까지 왔다. 수많은 장면이 주마등

처럼 스쳐갔다. 함께하지 못한 선수들, 초창기 감독님, 코치님들. 정말, 이건 우리의 이야기였다.

우리는 링크 한가운데 모여 "대! 한! 민! 국!"을 외쳤고, 애국가를 목 놓아 불렀다. 그리고 관중석에서도 모두가 함께 따라 불렀다. 눈물의 애국가였다. 이 장면은 한국 스포츠 역사에 남을 명장면이 되었다.

그리고 내게는 마지막 꿈의 무대였다.

그때, 누군가 링크 안으로 들어왔다. 문재인 대통령과 김정숙 여사였다. 대통령은 손을 내밀며 말했다.
"수고했습니다. 축하드립니다."

나는 그때 느꼈다. 이번 패럴림픽에 정말 모든 것을 쏟아부었다는 것을. 후회는 없었다. 다섯 경기를 죽기 살기로 뛰었고, 팬들의 뜨거운 응원도 온몸으로 느꼈다.

다리를 절단했던 그때 태어난 딸이 어느덧 고3이 되어 내 유니폼을 입고 가족과 함께 응원하는 것을 보면서 더는 참지 못하고 울컥했다.

나는 스스로를 칭찬하지 않는다. 하지만 이 경기만큼은 말하고 싶다.

"나도 잘했고, 동생들은 더 잘했다."

그리고 함께 열심히 훈련했지만 출전하지 못한 동료들을 생각하면 미안하고, 아쉬움도 남는다. 그래서 더 값진 동메달이었다.

2018 평창 패럴림픽을 끝으로 나는 국가대표 생활을 마무리했다.

은퇴 후 지도자의 길을 꿈꿨지만, 막상 갈 다른 실업팀이 없다는 현실이 씁쓸하기도 했다. 그럼에도, 나는 꿈을 꾼다. 내가 가는 길이 험하고 멀지라도 후배들에게는 꽃길을 건네줄 수 있기를.

다리(leg) 잃은 내가
희망의 다리(bridge)가 되려는 이유

5장

도전은
끝나지 않았다

1
지도자가 되기 위해
미국으로

평창 패럴림픽이라는 꿈의 무대에서 내 목표를 이룬 순간, 또 다른 두 개의 꿈이 내 안에 피어올랐다.

하나는 장애인 선수 출신의 지도자가 되는 것이었고, 다른 하나는 내 삶의 이야기를 통해 누군가에게 용기와 희망을 전하는 동기부여 강연가가 되는 것이었다.

누구도 가지 않은 길. 그 길을 내가 먼저 걸어보고 싶었다. 그것이 후배들에게 하나의 등불이 될 수 있다면, 그것으로 충분했다.

나는 평창 패럴림픽 해단식을 끝으로 강원도청 실업팀을 떠났다. 지도자의 길을 걷기 위해서였다. 이미 국내 지도자 자격증은 있었지만, 나는 더 큰 무대에서 진짜 하키를 배우고 싶었다. 세계 최고 무대에서 선진 하키를 보고 배우고 무엇보다도, 비장애인들과 당당히 경쟁하고 싶었다.

그 여정은 당시 세계 장애인 아이스하키협회 회장 키스의 도움으로 시작되었다. LA에서 시작된 여정은 콜로라도 덴버, 네브래스카, 인디애나폴리스, 오하이오, 피츠버그, 뉴저지, 뉴욕 플레이스를 거쳐 다시 LA로, 그리고 라스베이거스까지 이어졌다. 서부에서 동부까지 하루에 1,000km씩 운전했다. 미국 9개 주를 돌며, 두 달 만에 USA 하키 코칭(HOCKEY COACHING) 레벨 1부터 5까지의 과정을 모두 마쳤다.

미국은 내가 상상했던 것보다 훨씬 더 넓고, 복잡한 나라였다. 주마다 법, 문화, 심지어 고속도로 시스템도 달랐다. 돌아보면, 참 쉽지 않은 시간이었지만 그만큼 값진 시간이었다.

때로는 나 자신에게 물었다.
'왜 나는 남이 가지 않은 힘든 길을 가려고만 하지?'

다리(leg) 잃은 내가
희망의 다리(bridge)가 되려는 이유

하지만 곧 내 마음속 깊은 곳에서 답이 들려왔다.

'누구나 할 수 있지만, 아무나 할 수는 없는 일. 하키 창단 멤버의 사명감이 내 안에 있는 거야.'

평창 패럴림픽 대회 중, 내 삶에 소중한 인연이 찾아왔다. 박지훈 박사. 그는 미국 컬링팀의 물리치료사로 한국에 왔다가, 우연히 KBS 〈다큐 공감〉 방송에서 나를 보고 직접 찾아온 사람이었다.

"어떻게 20년 가까이 한결같이 힘든 훈련을 버텨낼 수 있었어요?"

그의 물음에 나는 조용히 말했다.

"간절했습니다. 패럴림픽에서 메달을 따고 싶다는 그 목표 하나가 저를 버티게 했습니다."

그는 감동했다며 말했다.

"언제든 미국에 오면, 제가 먹여주고 재워주고, 구경시켜드릴 테니 가족과 함께 오세요."

그 말은 빈말이 아니었다. 가족과 함께 떠나는 첫 해외 여행지는 미국이었다. 그는 우리가 도착하기 전부터 모든 준비를 해두었고, 진심으로 우리 가족을 환대해주었다. 그 여행은 행복과 힐링, 감사가 공존하는 시간이었다.

그곳에서 나는 키스 회장과 다시 연락이 닿았고, 내가 왜 지도자가 되고 싶은지 그에게 진심을 전했다.

"선수는 그대로인데, 지도자는 자꾸 바뀝니다. 장애를 경험하지 않은 지도자들은 썰매에 앉아보지 않고서는 선수들의 마음을 이해하기 어렵습니다. 그 사이에 간극이 생기고, 결국 1~2년 만에 그만둡니다. 저는 그 간극을 메우고 싶습니다. 누구보다도, 같은 눈높이에서 선수들과 함께할 수 있습니다."

나는 장애인 체육이 결코 '장애인만을 위한 것'이라고 생각하지 않는다. 비장애인 체육이 있었기에 장애인 체육도 가능했다. 결국 중요한 것은 서서 하느냐, 앉아서 하느냐의 차이일 뿐이다. 비장애인과 장애인 지도자가 함께 지도할 때 간극도 좁아지고 경기력도 좋아질 것이라 확신했다.

USA 하키 코칭 과정은 결코 쉽지 않았다. 1,000km 이상 운전해야 했고, 언어 장벽도 큰 부담이었다. 수업 내용을 온전히 이해하기조차 힘들었지만, 강사들은 나를 배려해 교육 자료가 담긴 USB를 건네주었다. 그 따뜻한 마음에 깊이 감동했다.

가장 잊지 못할 순간은, 레벨 5 과정이 열린 뉴욕의 레이크 플래시드에서 찾아왔다. 이곳은 1980년 동계올림픽이 열렸던 곳이자, 〈미라클〉이라는 영화의 실제 배경지였다.

다리(leg) 잃은 내가
희망의 다리(bridge)가 되려는 이유

미국 전역에서 모인 500명의 감독 사이에, 동양인은 나 혼자였다. 그때, 아나운서의 목소리가 장내에 울려 퍼졌다. 그리고 갑자기 나를 소개하는 것이 아닌가?

"여기 2018 평창 패럴림픽 동메달리스트, 캡틴 한이 와 계십니다!"

그 말이 끝나자, 강의장에 있던 모든 이들이 기립박수를 보내주었다. 아무도 나를 모르던 그곳에서, 내 이름이 소개되고, 우렁찬 박수가 쏟아졌을 때, 나는 눈을 감고 이렇게 생각했다.

'이곳이야말로 진짜 USA 하키의 본고장이구나!'

그날의 박수는 나의 지난 시간을 위로하고, 다가올 미래를 향한 새로운 용기를 품게 해주었다.

2
함께
걸어준 분들

미국에서의 지도자 과정을 무사히 수료할 수 있었던 것은 결코 혼자만의 힘이 아니었다. 그 여정에는 나를 믿어주고, 내가 가는 길을 응원해주고, 힘들 때 손을 내밀어주며 함께 걸어준 사람들이 있었다. 그들의 존재는 내게 등 뒤의 바람이었고, 넘어질 때마다 일어설 수 있는 이유였다.

가장 먼저 떠오르는 사람은 전 세계 장애인 아이스하키협회 전 회장, 키스다. 그가 아니었다면, 나는 아마 USA 하키의 문을 두드릴 수조차 없었을 것이다. 그다음은 박지훈 박사. 미국에서 물리치료사로 활동 중인 재미교포이자, 내게는 든든한 동생이었다.

또 한 명의 고마운 사람은 최영철이다. 나보다 한 살 어린 그는 소아마비 장애를 가지고 있지만, 누구보다 강한 책임감과 따뜻한 마음을 가진 동생이다. 그는 중학교 후배이며, 2018 평창 동계 패럴림픽 때와 2022 베이징 동계 패럴림픽 때 장비 매니저를 맡았다.

내가 레벨 5 과정을 준비하던 중, 함께하던 통역가가 갑작스레 그만두는 일이 생겼다. 뉴욕 레이크 플래시드와 라스베이거스를 혼자 오가야 하는 상황이었다. 그 소식을 들은 영철이는 아무 말 없이 자신의 사비로 항공권을 끊어 무려 20일간 나와 동행했다. 묵묵히 옆을 지켜준 그의 헌신은 지금도 마음 깊이 남아 있다.

LA에 거주하는 박영배 코치 또한 큰 힘이 되어주었다. 하키 선수 출신인 그는 내가 낯선 미국에서 불편함 없이 생활할 수 있도록 뒤에서 모든 것을 챙겨주었다. 뒤에서 묵묵히 도와준 그의 헌신은 내게 큰 힘이 되었다.

그리고 내가 미국으로 떠날 수 있도록 결정적인 도움을 주신 분이 있다. 바로 대한 장애인아이스하키협회 정영우 전 회장님이다. USA 하키 지도자 과정은 두 달이 될지, 석 달이 될지 예측조차 어려운 여정이었다. 가정을 책임져야 하는 입장

에서, 경제적 불안은 가장 큰 걸림돌이었다.

그때 정 회장님은 망설임 없이 말씀하셨다.

"민수야, 넌 가야 해. 그건 네 사명이야."

그 후 2년 동안, 한 달에 300만 원씩 생활비를 지원해주셨다. 그 덕분에 나는 가족 걱정 없이 오직 배움과 성장에만 집중할 수 있었다.

지금도 회장님은 경기를 보며 눈물을 흘리고, 선수들의 작은 성장에도 함께 기뻐해주시는 따뜻한 분이다.

또 하나 잊을 수 없는 인연은 브라이언이라는 동생이다. 영화 관련 엔터테인먼트 대표이며 미군 출신인 그는 아프간 전쟁에 참전했다가 포탄에 맞아 온몸에 화상과 척추 손상을 입었다. 매일 아침 1시간씩 뜨거운 물로 몸을 이완시키며 하루를 시작하는 그에게 아픔은 일상이었다.

그런 그가 내게 말했다.

"평창의 영웅들 이야기를 영화로 만들고 싶어요."

그는 대한민국 파라 아이스하키 선수 17명이 각자 어떤 이유로 장애를 갖게 되었는지를 듣고, 깊은 감동을 했다.

의료사고, 패러글라이딩 사고, 공사장 붕괴, 오토바이 사고, 심지어는 부모의 반대로 이종격투기를 하지 못하게 되자 3층에서 뛰어내린 아이까지. 각자의 상처와 눈물이 얽힌 이야기를 들으며, 브라이언은 이 이야기를 세상에 전하고 싶다고 말했다.

마지막 교육 과정을 마치기 위해 뉴욕 레이크 플레이시드에서 비행기를 타고 LA로 돌아왔다. 지쳐 쓰러지기 직전, 브라이언은 내게 아버지를 소개해주었다. 그의 아버지는 한의사셨다. 식사를 함께하던 중, 그의 아버지께서 내게 물으셨다.

"썰매 한 대 가격이 얼마나 하지요?"
나는 "약 120만 원 정도입니다"라고 조심스레 말씀드렸다. 그러자 식사를 마친 그는 내게 봉투 하나를 건네주셨다. 그 안에는 1,000달러가 들어 있었다.
"썰매 하나 값이라 생각하고, 남은 일정 잘 마무리 잘하세요."

그 순간, 나는 말문이 막혔다.
미국에서 두 달 가까이 생활하며 2,000만 원 가까운 비용

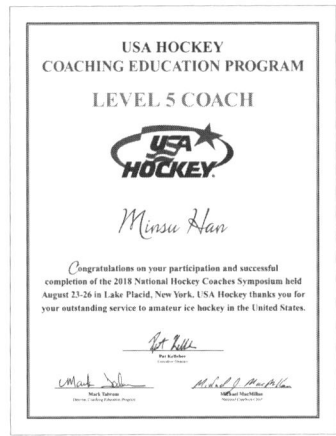

을 모두 써버리고, 카드에 의
존한 채 지쳐가던 시점이었
다. 그 봉투는 사막에서 마주
친 오아시스 같았다.

몸도 마음도 지쳐 쓰러지고
싶던 순간, 그분의 따뜻한 손
길이 나를 다시 일으켜 세웠
다. 그날 이후, 나는 다시 용기를 냈다. 그리고 결국, 무사히
USA 하키 지도자 과정을 레벨 5까지 마칠 수 있었다.

미국에서의 두 달. 그 시간은 단지 자격증만을 따기 위한
시간이 아니었다. 사람과의 인연, 도움, 감동, 그리고 나눔이
만든 기적의 시간이었다.

다리(leg) 잃은 내가
희망의 다리(bridge)가 되려는 이유

3

미국에서 서둘러
돌아온 이유

원래 계획은 미국에서 2년 정도 머물며 어학연수도 하고, 선진 하키 지도자 자격증도 취득하는 것이었다. 더 넓은 세상을 경험하고, 새로운 지식과 기술을 배워 돌아오고자 했다.

하지만 예상치 못한 이유로 그 계획을 다 마치기 전에 서둘러 귀국하게 되었다. 돌아와야만 했던 이유는 세 가지였다.

첫째, 국가대표 감독이 되고 싶었다.

둘째, 장애인 전용 아이스링크장 건립과 실업팀 창단을 이루고 싶었다.

셋째, 내 삶을 통해 많은 이들에게 용기와 희망을 주는 '동기부여 강연가'로 거듭나고 싶었다.

당시 평창 패럴림픽의 성공적인 개최로 국민들의 장애인 스포츠에 대한 관심이 높아져 있었다. 나는 이 흐름을 놓치지 않고, 장애인 전용 아이스링크장 건립과 실업팀 창단의 필요성을 정부에 알리고 싶었다. 평생 한 번 올까 말까 한 기회였다.

물론 메달은 모두가 함께 딴 것이지만, '성화 최종 봉송 주자'라는 상징적 역할, '울보 캡틴'이라는 별명 덕분에 언론의 조명을 받을 수 있었고, 많은 이들이 나를 통해 무언가 이루려는 기대를 품기도 했다.

무엇보다도 나는 절실했다. 미국에서 배운 선진 하키 경험을 후배들에게 전하고 싶었고, 강연을 통해 세상과 소통하고 싶었다.

그 계기는 오랜 시간 함께했던 동료 선수들 때문이었다. 그들 대부분은 태어날 때부터 장애를 가진 사람들이 아니었다. 교통사고, 산업재해, 질병 등으로 중도에 장애를 입은 사람들이었다.

현재 세계 전체 인구 중에 15%가 장애인이다. 그리고 우리나라에는 약 260만 명의 장애인이 등록되어 있는데, 이 중

90%가 중도 장애인이다. 그중에서도 지체 장애가 51%로 가장 많다. 함께 뛰었던 국가대표 선수들 역시 90%가 중도 장애인이었다.

그들의 삶을 가까이서 지켜보며 나는 깊이 느꼈다.
'이들의 마음을, 이들의 아픔을, 세상에 전해야겠다.'
중도에 장애를 입은 이들 대부분은 처음에는 100% 자살 충동을 느낀다고 한다. 실제로 극단적인 선택을 한 이들도 많았다. 너무나 안타까운 현실이었다.

나는 종종 선수들에게 묻곤 했다.
"장애를 입고 집 밖으로 처음 나올 수 있었던 건 언제였어?"
어떤 선수는 3년, 어떤 선수는 5년, 심지어 10년 만에야 세상으로 나왔다고 한다. 그 이유는 단순했다. 용기가 없어서도 있지만, 더 근본적으로는 자신의 장애를 받아들이지 못했기 때문이다.

나는 다시 물었다.
"그 긴 시간 끝에, 어떤 계기로 밖으로 나올 수 있었어?"
대답은 다양했지만, 공통점이 있었다. TV 다큐멘터리에서 자신과 비슷한 장애를 가진 사람들이 열심히 살아가는 모습을 보며, 재활 치료를 통해 자신감을 회복하고, 혹은 자신보다 더 심한 장애를 가진 사람들이 씩씩하게 살아가는 모습을 보며 용기를 얻었다고 했다.

　그 이야기를 듣고 나는 결심했다.
　'그래, 내가 누군가에게 그런 사람이 되어주자. 내 이야기를 듣고 단 한 사람이라도 다시 세상 밖으로 나올 수 있다면, 그걸로 충분하지 않을까.'

　그러던 어느 날, 가슴 아픈 소식을 들었다. 해외 유학 중인 지인의 친구들이 스키를 타다가, 험한 코스에서 사고가 나 두 명이나 척수장애를 입었다는 것이다. 그 소식을 듣고 나는 바로 물었다.
　"그 친구들 지금 어디 있어? 내가 꼭 만나보고 싶어. 이런 분들에게 내 상담이 필요하다고."

　그러자 돌아온 대답은 너무도 충격적이었다.
　"두 명 모두 극단적 선택을 했어요."
　한 친구는 다시는 걸을 수 없는 현실을 받아들이지 못해 자살을 선택했고, 남은 친구는 그 충격을 이겨내지 못하고 뒤따른 것이다.

　이 이야기는 지금도 내 마음에 깊은 상처로 남아 있다. 장애는 누구도 원해서 가지는 것이 아니다. 그리고 그 어떤 이유로 장애를 입었더라도, 그 생명의 존엄만큼은 반드시 지켜져야 한다.

장애가 삶의 끝은 아니다. 혼자서는 길을 찾을 수 없어도, 함께라면 반드시 새로운 길을 만들 수 있다. 그리고 "국가가 환경을 바꾸면 장애도 없어진다."

장애인 스스로 살아갈 수 있는 환경을 마련해주면 극단적 선택을 막을 수 있고, 세상 밖으로 나올 용기도 생길 것이다. 그 믿음을 가지고 나는 오늘도 강연을 한다.

이 메시지는 장애인뿐만 아니라, 육체는 건강하지만 마음에 장애를 가진 수많은 비장애인들에게도 전하고 싶다.
"포기하지 마십시오. 넘어지면 다시 일어나서 나아가면 됩니다. 지금, 이 순간도, 당신은 충분히 가치 있는 사람입니다."

4
파라 아이스하키를 통해
얻은 것들

돌아보면, 나는 파라 아이스하키를 통해 얻을 수 있는 모든 것을 얻었다고 생각한다. 그만큼 이 종목은 내 인생 그 자체였다. '하키'를 빼고는 내 삶을 말할 수 없다. 선수로서의 영광, 국가대표로서의 자부심, 감독으로서의 책임감…. 그 모든 시간을 통해 나는 자존감이 높아졌고, 세상 누구 앞에서도 당당할 수 있는 사람이 되었다.

왜냐하면 나는 대한민국 파라 아이스하키 국가대표였고, 메달리스트였으며, 지금은 후배들을 이끄는 감독이기 때문이다.

이제는 그 자신감을 더 많은 사람들에게 전하고 싶다. 그래서 누구든 썰매 하키의 즐거움을 느낄 수 있게 해주고 싶고, 이 종목을 통해 또 다른 누군가의 인생이 바뀌길 바란다.

하지만 현실은 녹록지 않다. 국가대표 선수들이 소속된 실업팀은 운영이 잘되고 있지만, 시·도 클럽팀이나 새로 생긴 지방 팀들은 일주일에 한 번 훈련하기조차 힘든 상황이다. 시설도, 장비도, 예산도, 지도자도 턱없이 부족하다.

그래서 나는 오늘도 열악한 현장으로 간다. 비록 여건은 어렵지만, 소속된 클럽팀 선수들을 지도하며 하나하나 인프라를 구축해나간다. 하키의 재미를 널리 알리고, 후원을 통해 이 종목이 더 많은 이들에게 알려지고 활성화되길 바란다. 이런 작은 움직임들이 결국 장애인 체육 전체의 기반이 될 것이기 때문이다.

그러기 위해서는 넘어야 할 벽이 많다. 장애를 가진 선수들이 훈련을 받기 위해서는 훈련 장소가 있어야 하는데, 연습할 아이스링크 자체가 없는 지역이 많다.

나는 이 문제를 방치하지 않을 것이다. 지도자로서, 그리고 장애인 체육의 일선에 있는 사람으로서, 나는 계속해서 '장애인 전용 아이스링크장' 건립을 외칠 것이다. 내가 가진 모든 위치와 영향력을 동원해서라도 이 과제를 해결하고 싶다.

또 하나, 어린 선수들을 키우기 위해서는 부모의 역할이 무척 중요하다. 하지만 현실은 쉽지 않다. 부모님들은 자녀가 또 다칠까 봐, 또는 공부에 집중하지 못할까 봐 운동을 망설이신다.

그 마음을 충분히 이해한다. 그러나 아이들이 직접 여러 경험을 해보고, 그중에서 진짜 좋아하는 것이 무엇인지 찾도록 해주는 것이야말로 진짜 보호고, 사랑이 아닐까?
아이들이 좋아하는 길을 선택하고, 그 길에서 빛나게끔 돕는 것. 그것이 바로 우리가 해야 할 몫이라고 생각한다.

그리고 또 하나, 꼭 짚고 싶은 것이 있다. 바로 홍보의 부족이다. TV를 보면 장애인 스포츠는 여전히 외면당하고 있다. 놀랍게도 아직도 2018 평창 패럴림픽이 자국에서 열렸는지도 모르는 이들이 많다. 그만큼 장애인 종목은 보이지도, 들리지도 않는다.

보이지 않으면 관심도 없다. 관심이 없으면 지원도 없다. 결국, '사람들의 눈'을 이 종목으로 끌어오는 것부터 시작해야 한다. 이제는 보여줘야 한다. 그들이 얼마나 열심히 훈련하는지, 얼마나 뜨겁게 싸우는지, 얼마나 감동적인지를.

그래서 나는 다시 결심한다. 파라 아이스하키 인프라를 구축하겠다. 내가 가진 스킬과 노하우를 아낌없이 전수하겠다. 시·도 클럽팀이 활성화될 수 있도록 현장에서 부딪히며 함께 가겠다. 그리고 아직 그 재능을 세상에 드러내지 못한 어린 선수들을 발굴해 또 다른 나로 성장할 수 있도록 돕겠다.

파라 아이스하키는 내게 인생을 바꿀 기회를 주었다. 이제는 그 기회를 또 다른 누군가에게 건네줄 차례다.

다리(leg) 잃은 내가
희망의 다리(bridge)가 되려는 이유

5

도전은 또 다른
도전을 낳고

내 삶은 도전의 연속이었다. 그리고 그 모든 도전의 시작은, 설악산 대청봉이었다. 내가 대청봉에 오르기로 결심했던 이유는 단 하나였다.

'과연 장애를 가진 내 한계는 어디일까?'

직접 확인하고 싶었다.

결과는 예상보다 훨씬 혹독했다. 손바닥의 굳은살은 물집으로 터지고, 무릎은 물이 차올랐다. 매우 고통스러웠다. 회복에만 2주가 걸렸다.

그런데도 신기하게도, 나는 그때를 '성장'의 시간이라고 말한다. 그만큼 값진 성취였고, 몸과 마음을 함께 단련시킨 시

다리(leg) 잃은 내가
희망의 다리(bridge)가 되려는 이유

간이었기 때문이다. 그 도전은 내 안에 있던 무언가를 깨웠다. 그리고 이후, 나는 하키 하나만 바라보며 달리기 시작했다.

2000년, 파라 아이스하키가 한국에 첫발을 디뎠고, 2010년 밴쿠버 동계 패럴림픽에 출전해 6위를 했다. 아쉬움이 컸다. 그래서 다시 도전했다. 2014년 소치 패럴림픽, 하지만 또 메달은 내 것이 아니었다. 그리고 마침내, 2018년 평창에서 파라 아이스하키 국가대표팀 최초의 동메달을 목에 걸 수 있었다.

그 순간, 또 하나의 도전이 시작되었다. 감독이 되겠다는 도전, 그리고 동기부여 강연가가 되겠다는 새로운 꿈이었다. 은퇴하고 나니 하고 싶은 것이 더 많아졌다.

나는 평창 대회가 끝나자마자, 불러주는 곳이면 어디든 갔다. 초등학교부터 고등학교, 대학교, 심지어 350명의 교장 선생님들 앞에서도 마이크를 잡았다. 어린이부터 노년층까지, 누구를 만나도 나는 내 이야기를 꺼냈다.

강연은 단순한 말 전달이 아니다. 분위기, 흐름, 청중의 집중… 모든 것이 하나의 공연처럼 맞아떨어져야 한다. 그래서 나는 지루해질 타이밍을 예상하고, 그때마다 영상과 의족을 활용한다. 영상을 보여주면 사람들의 눈빛이 달라진다.

그리고 반바지를 입고 의족을 드러낸 채 강연하면, 청중은 더 깊이 몰입하게 된다. 나는 의족을 드러낸 채 강연할 때 더 당당해진다. 그렇게 나는 내 이야기를, 더 진심 어린 방식으로 전달할 수 있었다.

나는 겁이 많지만, 동시에 용기 있는 사람이다. 누군가 제안을 하면 쉽게 거절하지 못한다. 그리고 고민한다. '내가 왜 이것을 한다고 했을까?' 후회해도 못한다는 말은 못한다. 그래서 결국 용기를 내서 끝까지 해낸다.

어느 날 우연히 보디빌더 협회 회장님과 식사를 하는 자리를 갖게 되었는데, 회장님께서는 "장애인 파트를 만들려고 하는데 시범 종목으로 참여해달라"고 요청하셨다. 그래서 하겠다고 해놓고 후회했던 적이 있었다.

보디빌딩. 처음에는 그저 '창피만 당하지 말자'라는 마음이었다. 하지만 그 안에 담긴 진짜 바람은 하나였다.
'내가 도전함으로써 장애인 보디빌딩 부문이 생기고, 또 다른 장애인이 용기를 내게 되면 좋겠다.'

그리고 실제로 그런 일이 일어났다. 왼팔을 오토바이 사고로 절단한 김나윤 씨가, 보디빌딩 대회에서 4관왕에 올랐다.

그녀는 내게 이렇게 말했다.

"한민수 감독님이 참가한 보디빌딩 대회 사진을 보며 저도 도전할 수 있는 용기가 생겼어요."

지금 그녀는 유튜버로 활발히 활동하며 또 다른 삶을 열어가고 있다. 나의 도전이 누군가의 도전을 낳은 것이다. 바로 이것이 내가 도전을 멈출 수 없는 이유다.

도전은 나 하나에서 끝나지 않는다. 도전은 또 다른 도전을 낳는다. 그래서 나는 다시 새로운 길을 찾아 나섰다.

국민체육진흥공단의 최고 엘리트 클래스 교육이다. 이 교육은 메달리스트가 받을 수 있는 특별한 기회였다. 그곳에서 나는 비장애인 메달리스트들과 함께 배우고, 새로운 인간관계를 쌓으며, 더 넓은 세상을 경험하면서 수료했다

그리고 한국체육대학교 대학원에 진학했다. 내가 앞으로 어떤 위치에 있을지는 아직 모른다. 하지만 나는 자족하지 않고, 더 깊이 있는 전문성을 쌓기 위해 도전했고, 결국 졸업까지 해냈다.

　삶은 언제나 도전의 연속이었다. 그리고 나는 그 도전 속에서 진짜 나를 만나왔다. 앞으로도 나의 도전은 계속될 것이다. 누군가에게 또 다른 도전의 불씨가 되기 위해.

다리(leg) 잃은 내가
희망의 다리(bridge)가 되려는 이유

6

장애인 선수 출신,
최초의 국가대표 감독

선수로서 마지막 경기를 마친 후에도, 내 안에는 늘 하나의 열망이 남아 있었다.

"지도자가 되고 싶다."

그것은 단순한 바람이 아니었다. 언젠가 꼭, 장애인 선수 출신의 국가대표 감독이 되어야 한다는 갈증이었다.

파라 아이스하키의 국가대표 감독직은 매년 계약제로 운영된다. 덕분에 매년 누구나 지원할 수 있지만, 현실은 녹록지 않았다. 2019년에는 신인 선수들을 가르치느라 지원하지 못했고, 2020년에는 코치로 최종 합격했지만, 당시 감독과 철학이 맞지 않아 포기했다.

그리고 2021년, 나는 다시 국가대표 감독직에 도전했고, 결국 합격했다. 그 순간, 많은 언론이 이렇게 보도했다.

"21년 만에, 장애인 선수 출신 첫 국가대표 감독 탄생."

하지만 그 화려한 수식어 뒤에는 간절하고도 현실적인 이유가 있었다. 솔직히 말하자면, 그동안 하키협회는 불평등한 구조 안에 놓여 있었다. 비장애인 출신 지도자들은 학연과 지연을 바탕으로 자리를 차지했고, 장애인 선수 출신은 도전조차 할 기회가 없었다.

'우리가 자격이 없었기 때문일 수도 있다'라는 생각도 해봤다. 그래서 나는 자격을 증명해 보여주기로 했다. 국내 지도자 자격증은 이미 보유하고 있었지만, 후배들에게 더 넓은 문을 열어주기 위해서라도 나는 꼭 되어야만 했다.

그래서 나는 직접 미국으로 건너가 USA 하키의 정식 지도자 과정을 수료했다. 그 수료증을 위해 하루에 1,000km씩 운전하면서 LA를 시작으로 뉴욕까지, 9개 주를 돌면서 USA 아이스하키 지도자 수료증을 받아왔다.

그 과정을 통해 나는 장애인도 비장애인들과 대등하게 경쟁할 수 있다는 것을 보여주고 싶었다. 그리고 나 혼자만의

다리(leg) 잃은 내가
희망의 다리(bridge)가 되려는 이유

길이 아니라, 후배들도 따라 걸을 수 있는 첫 길을 만들어주고 싶었다.

내가 여기까지 오지 않았다면, 후배들은 비장애인과의 경쟁이 쉽지 않았을 것이다. 감독이 되고 나니, 자연스럽게 다른 나라의 장애인 체육 시스템에 눈이 갔다.

예를 들어, 미국은 파라 아이스하키 등록 선수가 무려 4천 명이 넘는다. 지역별로 NHL(미국 프로 아이스하키리그) 팀들이 파라 아이스하키팀을 직접 지원하고 있다. 그중에서도 오직 17명만이 국가대표로 뽑힌다.

시스템부터 인프라, 규모까지 모든 면에서 미국은 넘을 수 없는 벽처럼 느껴졌다. 캐나다 또한 미국과 비슷하지만, 미국의 인프라를 따라갈 수가 없다.

중국은 또 다른 방식이었다. 베이징 패럴림픽을 앞두고 국가 차원의 프로젝트로 장애인 아이스하키팀을 정책적으로 육성했다. 이 종목은 절단 장애와 같이 상대적으로 활동성이 높은 장애 유형이 유리하기 때문에, 절단 장애 위주의 선수를 선발해 집중 훈련을 시켰다. 감독도 러시아 출신 코치를 영입했고, 그 덕분에 팀 스타일도 러시아식 파워 하키로 바뀌었다.

　2022년 베이징 동계 패럴림픽 당시, 중국 선수들의 평균 연령은 25세, 반면 한국은 41세였다. 한눈에 봐도 경기력 격차는 세대 차이만큼이나 컸다.

　이런 현실을 마주하면서도 나는 주저앉지 않았다. 오히려 더 분명해졌다. 내가 해야 할 일, 내가 열어야 할 길, 내가 바꿔야 할 구조.

　나는 그냥 운 좋게 감독이 된 것이 아니다. 자격을 갖춘 장

다리(leg) 잃은 내가
희망의 다리(bridge)가 되려는 이유

애인 선수 출신으로서, 스스로 문을 두드리고, 문턱을 넘어선 첫 사례다.

앞으로는 이 문이 더 많은 후배에게 '가능성의 문'으로 활짝 열리기를 바란다. 그리고 나는 그 문을 지키며, 더 넓고 더 나은 무대를 만들기 위해 오늘도 도전하고 있다.

7

감독을 내려놓은
이유

    2022년 베이징 동계 패럴림픽. 그 동메달 결정전에서 나는 이상한 감정을 느꼈다. 경기력은 대한민국팀이 가진 능력의 100%가 아니었다. 기술적인 문제도, 전술의 부재도 있었겠지만, 코로나로 인한 환경적인 문제가 컸고, 평창 패럴림픽 때보다 간절함이 부족했다.

    그때 깨달았다. 이제 선수들의 삶의 중심이 경기장이 아닌, 가정으로 옮겨가고 있음을. 결혼한 선수들이 늘어나고, 그들의 눈빛 속에는 '국가대표'가 아닌 '아버지', '남편'의 무게가 더 보였다. 물론 그건 너무나 당연한 일이다.

    하지만 나는 스스로에게 묻지 않을 수 없었다.

'이 선수들을 내가 다시 다음 대회까지 이끌 수 있을까?'

솔직히, 자신이 없었다.

'감독은 모든 것에 책임을 지면 된다'라는 말을 수없이 되뇌었지만, 나는 내게 또 다른 질문을 던졌다.

'정말 지금, 이 자리에 있어야 할까?'

물론 나는 이 자리에 오기까지 쉽지 않은 길을 걸어왔다. 지도자가 되기 위해 미국까지 건너가 자격을 취득했고, 국내 최초로 장애인 선수 출신 국가대표 감독이 되었다.

그 모든 과정이 머리를 스쳤다. 하지만 그 모든 것을 뒤로 하고, 나는 결단했다. 감독으로 계속 남아 있는 것보다 인프라를 구축하고, 어린 신인 선수들을 발굴하고 육성하는 일이 지금 나에게는 훨씬 더 중요하다는 판단이었다.

실제로 우리나라의 유일한 실업팀인 강원도청은 19년째 유지되고 있고, 국가대표 17명 중 8명이 이 팀 소속이다. 그러나 그 선수들에게서 예전만큼의 간절함은 보이지 않았다.

어쩌면, 배가 부른 상태일지도 모른다. 하지만 그건 전적으로 그들의 잘못은 아니다. 국내에 이들과 경쟁할 상대가 없다는 것, 그게 더 큰 문제였다.

나는 대안을 생각했다. 새로운 실업팀을 하나 더 만들자. 그래야 지금의 선수들도 위기의식을 느끼고 더 열심히 할 것이다. 이런 선의의 경쟁이 생겨야, 파라 아이스하키는 다시 활력을 찾을 수 있다.

2022년 베이징 패럴림픽을 준비하면서, 나는 내가 할 수 있는 모든 것을 선수들에게 해주었다. 분위기가 좋을 때는 팀도 좋은 성적을 냈다. 그래서 최대의 기량을 끌어낼 수 있는 환경과 분위기를 조성하는 데 전력을 다했다.

하지만 현실은 예상보다 훨씬 어려웠다. 가장 큰 변수는 바로 코로나19였다. 훈련 여건은 날이 갈수록 나빠졌고, 도시락으로 끼니를 해결하며 3주씩 합숙하는 상황에서 감독인 내가 선수들에게 "이럴 때일수록 더 열심히 하자"라고 외칠 수 없었다. 먹을 것을 잘 주고 훈련해야 하는데 도시락 말고는 줄 것이 없었다.

합숙이 길어지면서 선수들은 점점 지쳐갔다. 무엇보다도 선수들의 마음은 훈련장 밖, 가족에게 가 있었다.
"아기들이 아빠를 너무 보고 싶어 해요. 합숙소 옆방이라도 하나 얻어서 가족이 오게 하면 안 될까요?"

다리(leg) 잃은 내가
희망의 다리(bridge)가 되려는 이유

이런 말을 들으면, 감독이 아닌 형 같은 마음으로 고개가 끄덕여질 수밖에 없었다. 하지만 그건 팀 전체의 기준을 무너뜨리는 일이기도 했다. 이해는 되지만 받아들일 수는 없는 딜레마. 그리고 그 정(情) 때문에 내 마음은 계속 약해졌다.

그건 내가 감독직을 내려놓게 된 또 다른 이유였다. 내게는 선수를 이끄는 책임도 있었지만, 그들 한 사람, 한 사람의 삶을 응원하고 싶은 인간적인 마음도 있었다.

그래서 나는 지금, 감독이 아닌 다음 세대를 키우는 사람으로 남기로 했다. 단지 '팀을 이기는 감독'이 아니라, '다음 감독과 선수를 만드는 사람'이 되기 위해서 말이다.

8

장애 인식 개선을
위해

같이 운동하던 친구 중에 양다리를 잃은 친구가 있다.

어느 날, 그는 휠체어를 타고 신호등 앞에 서 있었다. 그 옆에는 한 아이와 엄마가 나란히 서 있었다.

아이가 엄마의 옷자락을 당기며 말했다.

"엄마, 저 아저씨는 다리가 없어. 다리가 없어!"

엄마는 당황한 듯 아이에게 속삭였다.

"쉿, 조용히 해! 아픈 사람이야."

그 말을 들은 내 친구가 조용히 말했다.

"어머니, 저는 아픈 사람이 아닙니다. 두 다리가 없어서 생활이 불편할 뿐이지, 아픈 건 아니에요."

　그 이야기를 듣는 순간, 나는 아직도 장애인을 '아픈 사람'으로만 보는 사회적 인식이 바뀌지 않았음을 느꼈다. 우리는 여전히 장애인을 '도와줘야 할 대상', '불쌍한 존재'로만 보고 있다. 하지만 장애는 병이 아니다. 단지 조금 불편할 뿐이다.

　장애는 아픈 사람이 아니고 몸이 불편한 사람이다. 시각장애인은 앞이 안 보여서 불편하고, 청각장애인은 안 들려서 불편하고, 지체장애인은 걷는 것이 불편하다. 그 불편한 만큼만 도와주면 된다. 그리고 꼭 물어보고 도와줘야 한다.

　또한 국가와 사회가 환경적으로 그 불편함을 해결해준다면 장애도 없어질 수 있다. 계단이 있는 곳에 경사로나 엘리베이터를 설치해주면 된다.

　나는 특히 썰매 하키 체험을 통해 인식이 달라지는 모습을 보아왔다. 평창기념재단에서 레거시 사업으로 반다비 체험 프로그램을 전국에 있는 초·중·고 학생들 대상으로 1년에 5천 명씩 6년째 진행하고 있는데, 그들이 공통으로 하는 이야기가 있다.

"힘든데, 재미있어요!"

중학생이나 고등학생들은 조금 다르게 이야기한다.

"두 다리가 있는데도 중심 잡기 힘들었어요. 그런데 감독님은 다리가 하나인데도 너무 잘 타시네요. 진짜 대단하세요."

그 반응을 볼 때마다 확신한다.

체험을 통해 장애 인식은 자연스럽게 개선된다. 그리고 아이들의 마음속에는, '장애를 가진 사람도 충분히 멋질 수 있다'는 메시지가 자리 잡는다. 이것이야말로 진짜 교육이다.

나도 낯설었다. 솔직히 말해, 나도 예전에는 장애에 대해 잘 몰랐다.

내가 역도 선수로 활동하던 시절에 있었던 이야기다. 어느 날, 역도장에서 훈련을 하고 있는데, 화상 장애를 가진 역도 선배 지인이 훈련장을 찾았다.

다리(leg) 잃은 내가
희망의 다리(bridge)가 되려는 이유

그는 얼굴부터 발끝까지 화상 흉터가 있었고, 손에는 항상 하얀 장갑을 끼고 있었다. 처음 식사를 함께할 때 나는 밥을 잘 먹지 못했다. 무섭고, 징그럽다는 생각이 들었기 때문이다.

하지만 한 번, 두 번, 자주 뵙다 보니 달라졌다. 함께 웃고, 땀 흘리며 운동하는 사이, 어느새 가족 같은 존재가 되었다.
장애란, 결국 익숙해지면 사라지는 선입견일 뿐이다. 내 아이들이 내 절단된 다리를 귀엽다며 만지듯, 장애도 자연스럽게 일상이 되고, 스스럼없이 어울릴 수 있는 관계가 된다.

파라 아이스하키는 최소 장애만 가지고 있으면 등급이 따로 없는 '오픈 종목'이다. 그래서 장애인과 비장애인이 함께할 수 있는 어울림 스포츠이기도하다.

반면에 휠체어 농구는 아주 공평한 스포츠다. 장애의 정도에 따라 포인트를 부여하고, 경기 출전자의 총합이 14점을 넘지 않도록 구성한다.

심한 장애인은 1점, 장애 정도에 따라 1.5점, 2점, 2.5점, 3점, 3.5점으로 나뉘고, 절단 장애처럼 경증 장애를 가진 사람은 4점이나 4.5점이 주어진다. 장애 정도에 따라 주어진 포인트로 14점을 넘으면 안 되고, 꼭 5명으로 구성해야 하기 때문에 장애인 스포츠가 얼마나 다양하고, 공평한지를 알 수 있다.

결국, 우리는 같은 사람이다. 장애는 차이지, 결핍이 아니다. 불편함은 있을 수 있지만, 함께 살아가는 데는 아무 문제가 없다. 우리가 조금만 더 이해하려고 노력하고, 한 발짝 더 다가간다면, 장애인과 비장애인은 같은 사회의, 같은 구성원으로 평등하게 살아갈 수 있다.

그러한 변화는 특별한 제도나 큰 정책에서 시작되는 게 아니다. 우리의 말 한마디, 태도 하나, 시선 하나에서부터 시작된다. 이를 위해서는 국가의 역할도 중요하다. 장애인이 일상생활에서 불편을 느끼지 않도록 환경을 개선해야 한다. 계단이 있는 곳에는 경사로나 엘리베이터를 설치하고, 고급 의료 보조기 사용이 가능하도록 의료보험 지원도 대폭 확대해야 한다. 그럴 때, 우리는 비로소 진짜 대한민국, 같이 사는 사회로 나아갈 수 있다.

9

장애 인식 개선은
나와 가족부터

반바지와 시선

나는 여름이면 늘 반바지를 입는다. 그럴 때마다 사람들의 시선이 느껴진다. 힐끗힐끗, 스쳐가는 눈빛 속에 호기심, 의문, 놀람이 뒤섞여 있다. 하지만 이제는 그 시선을 무겁게 받아들이지 않는다.

그럼에도 가끔 생각한다.
'내가 언제부터 이렇게 당당해질 수 있었을까?'

그 답은 2008년, 미국 세계선수권대회에서 찾을 수 있다. 양다리를 잃은 외국 선수들이 의족을 드러낸 채 반바지를 입고 당당하게 걸어 다녔다. 누구의 눈치도 보지 않았고, 그 모습은 마치 로보캅 같았다.

그들의 모습은 내게 큰 울림을 주었다. 그때 알았다. 장애는 숨길 때가 아니라, 드러낼 때 오히려 더 멋지고 당당해진다는 것을.

로봇처럼 걸었던 이유

얼마 전, 가족들과 함께 카페에 갔을 때였다. 반바지를 입은 내 다리를 빤히 쳐다보는 한 아이의 시선을 느꼈다. 나는 곧 그 아이가 나와 마주치리란 것을 알고 있었다. 그래서 그 아이가 나를 볼 때 나는 일부러 로봇처럼 걸었다.

"어? 로봇이다!"
아이의 눈이 반짝였다.

옆에 있던 아내는 쑥스러운 듯 말했다.
"여보, 또 일부러 그런다. 그만해."

하지만 나에게는 이 모든 것이 아이와 눈을 맞추고, 내 존재를 자연스럽게 전하는 방법이었다. 좋게 볼 수도, 이상하게 볼 수도 있다.

그러나 중요한 것은 나는 단지 더워서 반바지를 입었을 뿐이고, 내 삶을 나답게 표현하고 싶었다는 사실이다.

불편함을 감수하고 얻는 삶의 방식

의족을 착용하면 가렵고 답답할 때가 많다. 하지만 그것을 감수하는 이유는 단 하나, 일상을 살아가기 위해서다. 의족을 빼고 목발을 짚으면 걷기는 편하지만, 양손이 자유롭지 않으니 생활은 훨씬 불편해진다.

어쩌면 이것이 내가 살아가는 방식이고, 익숙해져야 하는 나의 일상일 것이다.

"아빠는 다리가 없지만, 부끄러운 사람이 아니야."

사실, 다리를 절단하나, 절단하지 않나 내가 장애인인 것은 마찬가지다. 하지만 다리 절단 전에는 목발을 짚고, 버스를 타고, 육교를 오르고, 족구를 하고, 날아 차기를 하기도 했다.

하지만 다리를 절단하고 나서, 내가 가장 걱정했던 것은 아이들이었다. 언젠가 사춘기가 오고, 친구들에게 놀림을 받는 날이 올까 두려웠다.

"너희 아빠 장애인이야."

"다리가 없어."

혹시라도 이런 말들이 아이들의 마음에 상처가 되지 않을까 걱정스러웠다.

그래서 큰아이가 초등학교 5학년일 때부터 이렇게 각인시켰다.

"아빠는 다리가 하나 없지만, 국가대표야. 대한민국을 대표하는 선수야. 그리고 그 선수들 중에서도 주장이야. 그러니까 절대 부끄러워할 필요 없어."

아마 조금은 세뇌에 가까웠을지도 모른다.

그런데 정말 놀라운 순간이 찾아왔다.

딸이 전해준 자랑스러운 순간

어느 날 딸이 조심스럽게 말했다.

"아빠, 학교에서 아빠들 직업에 대해 인터뷰하래. 아빠 추천해도 돼?"

나는 순간 멈칫했다.

'내 직업이 뭐였더라…. 아, 그래. 나는 실업 선수였지.'

"응. 그래. 해도 돼."

며칠 뒤, 딸아이의 친구들이 우리 집에 찾아왔다.

그들은 나에게 썰매 하키에 대해, 국가대표가 되기까지의 이야기를 궁금해하며 질문했다. 나는 아이들에게 열심히 설명해주었다. 그리고 그 순간, 나는 느꼈다.

아이들이 장애에 대해 신경 쓰지 않는다는 것을….

아빠를 자랑스럽게 여기는 아이들

아이들이 자라면서 나에 대해 친구들 앞에서 자랑하지는 않았지만, 어느 날 "영화 〈우리는 썰매를 탄다〉 시사회에 친구들을 데려와도 돼?" 하고 물어왔다. 나는 물론 된다고 했다.

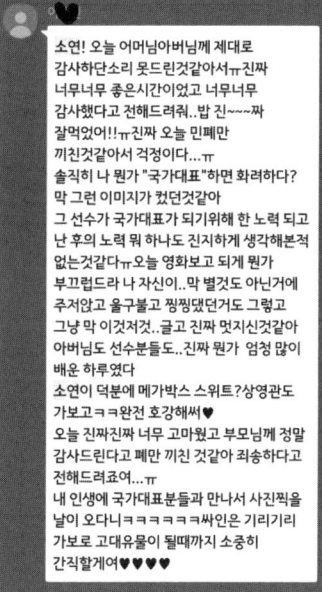

시사회 날, 딸아이의 친구들이 와서 영화를 보고 돌아갔고, 그중 한 친구는 감동의 메시지를 딸아이에게 전했다.

"오늘 아침, 엄마에게 짜증 내고 나온 내가 너무 부끄러웠어. 너희 아빠가 나오는 영화를 보고 많은 것을 깨달았어. 건강하게 사는 것에 감사하게 되었고, 장애가 있어도 목표를 위해 훈련하는 선수들을 처음 보았어."

그 말을 듣고, 나는 딸에게도, 내 인생을 응원해준 가족에게도 깊은 감사를 느꼈다.

내 인생의 킹메이커, 그리고 나의 색깔

나는 국가대표 선수로 20년 가까운 세월을 보냈다. 1년에 300일 이상을 외부에서 훈련하며 경기를 준비하고, 팀과 함께 움직였다. 그 긴 시간 동안 가정은 아내 손에 달려 있었다.

아내는 두 아이를 혼자서 키우며 내 빈자리를 메우고, 아이들에게 아빠의 빈자리를 '존경'이라는 이름으로 채워주었다. 아이들이 바르게 자라고, 세상의 편견에도 흔들리지 않는 마음을 갖게 된 것은 모두 아내의 사랑과 희생 덕분이었다.

그리고 지금의 내가 있을 수 있었던 이유 역시 아내가 나를 믿고 묵묵히 내 곁을 지켜줬기 때문이다.

나는 메달을 목에 걸고 은퇴한 어느 날, 아내에게 말했다.
"당신은 나를 메달리스트로 만든 킹메이커야. 그리고 아이들을 바르게 키운 자랑스러운 엄마야. 그러니 이제는 희생이라는 말은 하지 않았으면 해. 당신은 내 인생을 함께 만들어

다리(leg) 잃은 내가
희망의 다리(bridge)가 되려는 이유

준 주인공이야."

아내가 알게 해준 나의 색

어느 날, 나는 초등학교 학생을 대상으로 강연을 하게 되었다. 아내에게도 함께 가자고 했다. 나는 아이들의 눈높이에 맞춰 이야기하고, 질문에 웃으며 답했다.

강연이 끝나고 돌아오는 길에 아내가 말했다.
"당신은 남녀노소 누구와도 참 잘 어울려. 그게 참 신기해."

나는 웃으며 말했다.
"난 카멜레온이야. 상대가 파란색이면 나도 파란색, 상대가 노란색이면 나도 노란색으로 바꿀 수 있어."

그랬더니 아내가 조용히 내게 말했다.
"아니야, 당신은 카멜레온이 아니야. 당신은 화이트야. 카멜레온은 자신을 보호하기 위해 색을 바꾸는 거잖아. 그런데 화이트, 하얀 도화지는 다르지. 검정색을 만나면 검정이 되고, 빨강을 만나면 빨강이 되지. 상대를 있는 그대로 품어주는 색깔이 바로 화이트야. 당신은 그런 사람이야."

나는 그 말을 잊지 못한다. 그것은 내 인생을 가장 가까이

에서 지켜봐준 사람만이 해줄 수 있는 가장 아름다운 칭찬이었다. 그날 이후, 나는 스스로를 카멜레온이 아닌 화이트라고 생각하게 되었다.

누구든, 어떤 상황이든 품어낼 수 있는 사람. 마음을 열면 열 배로 열어주는 사람. 그게 내가 되고 싶은 모습이기도 하다.

그리고 나는 이제는 안다. 그 모든 가능성을 나에게 심어준 사람, 그 '화이트'라는 색깔을 알게 해준 사람은 바로 나의 아내라는 것을.

가족에게서 시작되는 인식 개선

장애 인식 개선은 먼 나라 이야기나 캠페인으로만 가능한 일이 아니다. 나부터, 내 가족부터 장애를 자연스럽게 받아들이고 내 삶의 한 부분으로 인정하는 것에서 시작된다.

우리는 그렇게 조금씩, 하지만 확실하게 세상의 인식을 바꾸어가고 있다.

10

만남이 만들어준
또 다른 나

2018년, 영화 〈우리는 썰매를 탄다〉 시사회장에서 나는 신현준 형님을 처음 만났다. 사실 이 영화는 이미 2013년에 완성되었지만, 상영관을 찾지 못해 오랫동안 빛을 보지 못했다. 그러다 평창 패럴림픽을 앞두고 다시 열린 시사회에서야

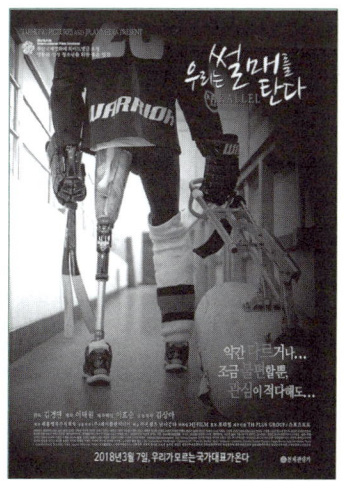

비로소 세상과 만날 수 있었고, 그 자리에서 형님과도 인연을 맺게 되었다.

형님은 그 영화 홍보 영상의 내레이션을 맡았고, 그날 시사회에는 김정숙 여사님도 참석해주셨다. 그 만남이 우

리 인연의 시작이었다.

이후 우리는 외교부 문화 외교 자문위원으로 함께 위촉되었다. 위촉식 날 형님은 내 어깨를 토닥이며 말했다.
"우린 필연이야. 꼭 다시 만날 인연이었어."

그 말처럼 우리의 만남은 계속 이어졌다. 특히 잊지 못할 장면이 있다.
내가 한번, "한강시민공원을 자유롭게 조깅해보는 게 로망이다"라고 말씀드린 적이 있다. 그 말을 들은 형님은 어느 날 정말로 시간을 내서 나와 함께 한강시민공원을 달려주셨다.

다리(leg) 잃은 내가
희망의 다리(bridge)가 되려는 이유

그뿐인가. 형님은 제자들에게 부탁해 그날의 장면을 영상으로 만들어주셨다. 그 영상은 지금도 내게 소중한 추억이 되어 남아 있다.

형님은 연예인들과 소통하는 단체 채팅방에 나를 초대해주셨는데, 그 안에는 슈퍼주니어 신동, 가수 신성우, 박윤희 패션디자이너, 박윤민 작가 외 많은 유명 인사들이 함께 있었다.

그날의 만남 속에서 형님은 박윤희 패션 디자이너에게 말씀하셨다.
"윤희야, 울보 캡틴이랑 같이 런웨이 세워줘."
"한 달 후에 서울패션위크 있어요. 서실래요?"
박윤희 디자이너가 내게 물었고, 나는 "예스"라고 답했다.

사실 속으로는 수백 번 망설였다.
"내가? 장애인이 걷는 것도 힘든데 런웨이를?"
하지만 나는 또 한 번 도전을 선택했다. 두려움은 있었지만, 피하기 싫었다. '피할 수 없으면 즐기자'라는 마음으로 피팅을 하고, 워킹 연습을 하면서, 런웨이를 준비했다.

비록 형님은 스케줄 때문에 함께 서지 못했지만, 곽윤기 쇼트트랙 선수가 무대에 함께 서주었다. 모델들 사이에서 처음

에는 위축되었지만, 모두가 다가와 말했다.

"멋지세요."

"사진 같이 찍어도 돼요?"

박윤희 디자이너는 사람들에게 이렇게 소개했다.

"민수 오빠요? 자존감이 정말 높으신 분이에요. 모델들 사이에서 전혀 꿀리지 않았어요. 잘생겼잖아요!"

사실 나는 굉장히 긴장하고 있었지만, 그 따뜻한 시선들이 나를 편하게 해주었다.

그날, 나는 대한민국 최초 장애인 패션모델이 되었다.

겁은 많은데 용기 있는 삶

그 이후로 내 도전은 이어졌다. 로봇과 함께하는 패션 모델로 무대에 섰고, 잡지에도 실렸다. 배우 박서준 씨와 CF도 찍었다. 심지어 보디빌딩 대회에도 나갔다.

다이어트를 생각하고 있던 찰나, 우연히 만난 WBC 피트니스 회장님의 제안에 나는 또다시 "예스"라고 말했다.

술을 끊고, 친구들을 멀리하고, 3개월 동안 86kg에서 74kg까지 감량하며 준비했다.
대회 당일, 무대 뒤에서 나는 중얼거렸다.
"창피만 당하지 말자."

무대에 이름이 호명되던 순간, 사회자는 이렇게 소개했다.
"평창 동계 패럴림픽 동메달리스트 한민수 선수!"

심사위원 5명이 모두 기립박수를 쳐주었다.
그 순간, 내 안에서 외쳤다.
"이거 내 판이네!"

그날 이후, 보디빌딩 장애인 부문이 생겨났다.
나는 또 하나의 길을 열었다.

사람은 사람을 통해 성장한다

수많은 방송과 행사, 도전 속에서 나는 정말 다양한 사람들을 만났다. 그 만남으로 인해 나는 겁 많은 내가 용기 있는 나로 변해가는 것을 느꼈다.

2000년, 다리를 절단하고 처음 방송에 출연했을 때, 나는 담당 PD에게 물었다.

"촬영 끝나고 나면 저 기억 못 하실 거죠?"

그분이 웃으며 말했다.

"민수야, 1시간짜리 다큐멘터리 프로그램 만들려고 너 얼굴 만 번은 봐."

그 한마디에 나는 할 말을 잃었다. 그 뒤로도 〈다큐 공감〉, 〈특종세상〉 등 여러 프로그램을 통해 수많은 감독, 작가, 출연자들과 소중한 인연을 이어갔다.

나는, 다시 도전한다

돌아보면 내 인생은 늘 겁 많음과 용기 사이를 오갔다. 하지만 나는 믿는다.

"도전한다고 매번 성공하는 것은 아니다. 하지만 포기하지 않으면 모든 도전은 성공이다."

　때로는 최선을 다했어도 아쉬움이 남는다. 그 아쉬움은 또 다른 도전의 불씨가 된다. 그리고 그 도전은, 나를 더 넓은 세상으로 데려다준다. 그 여정 속에서, 내 손을 잡아주었던 사람들 덕분에 나는 또 하나의 나를 만난다.

숨지 말고 세상으로 나와
당당해져라

"아저씨, 다리도 없는데 넘어졌다가 일어나는 게 왜 이렇게 빨라요? 진짜 멋져요."
"줄 잡고 성화봉을 옮기실 때 감동했어요."
"저도 나중에 커서 아이스하키 선수가 될 거예요."

평창 패럴림픽 이후, 나의 모교 초등학교에서 500장이 넘는 손편지가 도착했다. SNS에도 수많은 응원 댓글과 메시지가 쏟아졌다.

시간이 걸렸지만, 나는 그들에게 모두 답장을 보냈다. 그 한 글자, 한 댓글에도 고마움 가득 담아 직접 손으로 답했다. 누군가에게 꿈과 희망을 줄 수 있다는 것은 참 감사한 일이기 때문이다.

많은 사람들이 내 이야기를 보고 "영화보다 더 영화 같다"라고 말한다. 나는 진심으로 바란다. 내 이야기가, 내 삶이 장애를 이유로 세상 밖으로 나오기를 두려워하는 누군가와 마음의 병든 비장애인들에게 희망의 불씨가 되기를.

나는 늘 자신감 있게 살았다. 스무 살부터 운동을 시작했고, 몸에 힘이 생기니 마음도 강해졌다. 어디를 가든 당당했고, 누구를 만나든 내 의견을 말할 수 있었다.

장애가 있다고 해서 숨을 필요는 없다. 숨으면 숨을수록, 점점 세상은 좁아지고 마음은 움츠러들기 때문이다. 과거에는 소아마비 장애를 가지고 있으면, 집안의 수치라며 문밖 출입조차 금지했던 시대가 있었다.

하지만 세상이 달라지기만을 기다릴 수는 없다. 우리가 먼저 세상과 부딪히고, 스스로를 강하게 단련해나가야 한다.

가장 큰 고마움은 내 가족에게 돌리고 싶다. 큰돈은 벌지 못했지만, 우리는 큰 빚 없이, 큰 불행 없이, 웃으며 살아왔다. 그 모든 배경에는 아내의 희생과 사랑이 있었다.

1년에 300일은 훈련장에 있어야 했던 내 곁을 묵묵히 지켜
준 아내, 늘 아빠를 기다려주고 따뜻하게 안아준 두 딸.

　내가 20년 동안 국가대표 선수로 활동할 수 있었던 이유는
바로 가족 덕분이었다. 그래서 딸들에게 늘 말했다.

　"아빠는 몸이 불편하지만, 나라를 대표하는 국가대표야. 어
디 가서도 부끄러워하지 말고, 당당하게 이야기해도 좋아."

　그렇게 세뇌하듯 말했던 말이 딸아이 친구들의 입에서 이
렇게 돌아왔다.
　"너희 아빠 너무 멋지시다. 게다가 50대에서는 나올 수 없
는 광이 나!"

　부끄럽지 않은 아빠였다는 것.
　그것이 지금 나에게 가장 큰 행복이다.

　이제 나는 장애를 부끄러워하지 않는다. 장애는 결코 부끄
러운 것이 아니다. 나는 내 로봇 다리를 보여줬을 때 더 당
당해진다.

그리고 그 길 위에서, 누군가에게 다시 한번 말하고 싶다.

"당신도 숨지 말고, 세상으로 나와 당당해지세요. 당신은 생각보다 훨씬 멋진 사람입니다."

다리(leg) 잃은 내가
희망의 다리(bridge)가 되려는 이유

다리(leg) 잃은 내가
희망의 다리(bridge)가 되려는 이유

제1판 1쇄 2026년 1월 29일

지은이 한민수
펴낸이 한성주
펴낸곳 ㈜두드림미디어
책임편집 최윤경
디자인 디자인 뜰채 apexmino@hanmail.net

㈜두드림미디어
등 록 2015년 3월 25일(제2022-000009호)
주 소 서울시 강서구 공항대로 219, 620호, 621호
전 화 02)333-3577
팩 스 02)6455-3477
이메일 dodreamedia@naver.com(원고 투고 및 출판 관련 문의)
카 페 https://cafe.naver.com/dodreamedia

ISBN 979-11-24026-09-0 (03810)